ATRAPADOS
en la
ESCUELA

Antología de
Beatriz Escalante y José Luis Morales

La presente obra se publica en colaboración con Fundación TV Azteca A.C.

Vereda 80, Col. Jardines del Pedregal,
C.P. 01900, México D.F.
www.fundacionazteca.org

Las marcas registradas: Fundación TV Azteca, Proyecto 40 y Círculo Editorial Azteca se utilizan bajo licencia de: TV Azteca S.A. de C.V. México 2015.

Atrapados en la escuela
Antología de Beatriz Escalante y José Luis Morales

D.R. © Óscar de la Borbolla, Eusebio Ruvalcaba, José Francisco Conde Ortega, Adolfo Castañón, Arturo Trejo Villafuerte, Alejandro Palestino, Mónica Lavín, José Luis Morales, Eugenio Aguirre, Beatriz Escalante, Paco Ignacio Taibo II, Rafael Ramírez Heredia, Jordi Soler y Juan Villoro

iStockphoto, imagen de portada

D.R. © Selector S.A. de C.V. 2016
Doctor Erazo 120, Col. Doctores,
C.P. 06720, México D.F.

ISBN: 978-607-453-349-1

Décima reimpresión: marzo 2018

Características tipográficas aseguradas conforme a la ley. Prohibida la reproducción parcial o total mediante cualquier método conocido o por conocer, mecánico o electrónico, sin la autorización de los editores.

Impreso en México
Printed in Mexico

Índice

A 20 años de haber
iniciado una tendencia • *Beatriz Escalante*   7

Presentación • *Beatriz Escalante y José Luis Morales*   11

Yo la maté • *Óscar de la Borbolla*   15

El abanderado • *Eusebio Ruvalcaba*   21

Misa de 7 • *José Francisco Conde Ortega*   29

La cruzada de los perros • *Adolfo Castañón*   35

Una aventura inolvidable • *Arturo Trejo Villafuerte*   43

Mi segundo beso • *Alejandro Palestino*   63

6 ÍNDICE

Secreto a voces • *Mónica Lavín* 69

Aquellos terribles
e inolvidables gemelos • *José Luis Morales* 77

Química elemental • *Eugenio Aguirre* 91

Bajo la piel cansada • *Beatriz Escalante* 99

El caso Molinet • *Paco Ignacio Taibo II* 105

Si pudiera expresarte
cómo es de inmenso • *Rafael Ramírez Heredia* 121

Callar a la niña • *Jordi Soler* 133

Madona de Guadalupe • *Juan Villoro* 143

A 20 años de haber iniciado una tendencia

BEATRIZ ESCALANTE

Era el año de 1995. Yo había publicado en editorial Planeta mi novela *Júrame que te casaste virgen*, y andaba de gira literaria por México y Estados Unidos, becada por el International Writing Program de Iowa. En esos meses conocí todo lo que todavía no había visitado de mi patria y 29 estados de la Unión Americana. Me encanta viajar, y hacerlo como novelista es una aventura. Durante esos meses, casi un año, asistí a programas de radio y televisión; visitaba universidades y debatía con mis lectores sobre los temas de la propia novela y acerca de todo aquello que sucede más allá de los márgenes de un libro polémico.

Fue un día, en la Ciudad de México, cuando reflexionando ante los micrófonos de Grupo Radio Centro, me referí a la situación mundial de las mujeres, a la libertad sexual en países como Estados Unidos, Francia, Suecia... así como de las limitaciones que sufrían en el siglo xx las personas de sexo femenino en muchos países de África, Asia, América Latina y en algunas zonas de Europa inclusive; discriminación y violencia ancestrales que —para vergüenza de la humanidad— siguen padeciendo muchísimas mujeres de todas las edades en el siglo xxi.

De pronto, José Luis Morales Baltazar, que era quien me entrevistaba, leyó una pregunta del público: ¿Por qué los adolescentes no leen? Los dos nos miramos, sonreímos, y él me pidió que yo contestara. En ese momento, aunque yo tenía más de 30 años de edad y amaba escribir novelas y cuentos, recordé lo mucho que había odiado leer los libros del temario de las clases de literatura universal y literatura mexicana. Pensé que —tal como yo cuando fui adolescente— gran cantidad de estudiantes sienten fastidio y ganas de rebelarse cuando alguien los somete a pasarse horas ante un libro de esos en lo que todo les resulta ajeno: desde los personajes hasta el español antiguo en que están escritos o traducidos.

Las personas no leen —tal vez— porque los libros que les imponen no son aquellos que les interesarían.

Y también porque la pasión de leer debe educarse, cultivarse. Ningún placer surge de la obligación. La lectura es un gusto al que debe accederse con libertad y cuidado, no con regaños e imposiciones. La lectura es una diversión, una ocasión para pensar; un espacio íntimo o compartido al cual acudir para conocer el mundo y conocerse uno mismo; es una oportunidad de experimentar otras vidas.

Y aunque tal vez pocos lo admitan, en esos años del siglo xx, había una serie de frases amenazantes con las que nos perseguían cuando nos portábamos mal. Muchos de nosotros, como gente joven, escuchábamos constantemente: "Si sigues así, te quedas a leer y no vas a la fiesta"; o esta otra: "Si no te comportas, te prohíbo ir al cine con tus amigos, y te encierro en tu cuarto a leer". Valiente promoción de la lectura. Es obvio que estas ideas se instalan en el inconsciente y pueden hacernos pensar en que, mínimo, esos padres de familia o maestros que las dicen no han de disfrutar de la lectura, pues si les gustara no lanzarían amenazas de ese tipo, es decir, no se referirían a la acción de leer como a un castigo.

A la gran pregunta de por qué no leen los adolescentes habría que responder que sí leen; leen libros como *Atrapados en la escuela*, historias que les abren los ojos para ubicarse mejor en la vida, y les abren la boca de risa o de asombro.

Por ello, a 20 años de distancia de la creación de esta antología de cuentos, la respuesta me sigue pareciendo vigente: los adolescentes no leen cuando los fuerzan, porque tienen ganas de vivir, de escaparse de la escuela, de saber lo que se siente ser libre. Y *Atrapados en la escuela* es justamente el libro que significó diversión, libertad, imaginación y mucho más para varias generaciones de adolescentes que alguna vez odiaron leer y que, después de conocer otras experiencias a través de la lectura, han ido madurando en su gusto y ahora sí, en un momento propicio, también podrán disfrutar de literatura de otra época, incluso en español antiguo.

En cuanto editorial Selector publicó *Atrapados en la escuela*, esta colección se convirtió en favorita de estudiantes de preparatoria y secundaria. También de sus profesores. En los propios patios de las escuelas se formaban (voluntariamente), en largas filas, cientos de estudiantes para pedirnos autógrafos o para decirme que les había gustado el libro o que tenían una anécdota que deseaban contarme para que la escribiéramos en un libro futuro.

¿Cuál fue el motivo del éxito? ¿Por qué inmediatamente surgieron otros libros semejantes en la propia editorial Selector y en todas las grandes editoriales? Porque lo que ahora parece natural no sucedía en aquellos años: crear libros excitantes, seductores, interesantes para *que los adolescentes lean historias en donde los protagonistas son también adolescentes*, y así, como millones de personas en el mundo, elijan la increíble experiencia de leer.

Presentación

BEATRIZ ESCALANTE Y JOSÉ LUIS MORALES

Aunque los adolescentes nunca han sido iguales, pues no es lo mismo el *rock and roll* de los sesenta que el *heavy metal* de tu generación. Y aunque tampoco es lo mismo hablar del primer amor color de rosa, ese de puras cajas de chocolates y muñequitos de peluche, que de auténtica y efectiva primera relación sexual, hay algo que sí tienen en común los adolescentes de todos los tiempos: todos —en mayor o menor grado— se sienten incomprendidos por los adultos; todos están estrenando la vida y, por fin, no tienen que estar pegados a las faldas o los pantalones de alguna autoridad.

Como tú bien sabes, y los autores de estos cuentos también, ser adolescente es estar casi libre del proteccionismo paternal, porque, por más vigilado que te tengan en tu casa, vas y vienes: nada qué ver con la infancia. En este libro, vas a descubrirte a la mitad de una bronca en el patio de tu escuela, verás a alguien como tú, pasando fríos y calores porque no encuentra la forma de decirle a ella o a él que está enamorado (eso y más hay en "Aquellos terribles e inolvidables gemelos" de José Luis Morales; o en "Misa de 7" de José Francisco Conde Ortega).

Si nunca te ha gustado leer, porque los libros siempre se tratan de gente antigua, de otros países, a la que le pasan puras cosas que nada tienen que ver contigo, ésta será para ti una verdadera sorpresa: en este libro sí se habla de tus asuntos, intereses y problemas. Lee estos cuentos y verás que, de una u otra forma, todos están relacionados con tu vida de todos los días: con lo que hiciste, con lo que no has podido hacer y hasta con lo que te pudre que hagan tus amigos. El amor, el deseo, los primeros cigarros de tabaco o de algo más.

En estas páginas hay aventuras, escenas de amor y de iniciación en aquello que los profesores explican como "el interés por el sexo opuesto y la aparición de los caracteres secundarios", o como quien dice: que les sale bigote a los niños... y las niñas ven cómo surgen los senos en donde poco antes tenían una planicie simple.

En fin, para qué te lo contamos; mejor léelo. Hay de todo: desde el "inocente" amor de un niño de 12 años por su abuela ("Yo la maté", de Óscar de la Borbolla), hasta las primeras aventuras de un grupo de cuates en uno de esos sitios prohibidos de "perdición" o de "placer", según sea quien hable de ellos, como en "Si pudiera expresarte cómo es de inmenso" de Rafael Ramírez Heredia; pasando por lo que se siente estar en la escolta y por lo que hacen tus compañeros en el salón de clases cuando la profesora sale medio minuto, como en "El abanderado" de Eusebio Ruvalcaba. Si quieres hacer una travesía por el Gran Canal del Desagüe, lee "Una aventura inolvidable" de Arturo Trejo Villafuerte; si prefieres asistir a "La cruzada de los perros", échale un ojo a Adolfo Castañón y, para ver las transformaciones que sufre un profesor en el laboratorio, asómate a "Química elemental" de Eugenio Aguirre.

También podrás ser testigo de cómo una maestra mira con intenciones *poco docentes* a sus alumnos de buen cuerpo y, ¿por qué no?, hasta enterarte de lo que hay detrás de esa mirada, si lees "Bajo la piel cansada" de Beatriz Escalante. Tampoco faltan los cuentos de la famosa *primera vez*, como en "Secreto a voces" de Mónica Lavín, o "Mi segundo beso"de Alejandro Palestino, en donde los besos sí traspasan los labios Molinet" de Paco Ignacio Taibo II, merece mención aparte, pues está basado en un hecho verídico: es una crónica de la realidad nacional.

Haz lo que quieras con este libro: puedes empezar la lectura por cualquier cuento, según te llame la atención el título o un párrafo de ésos que nos hacen detener la mirada cuando estamos ojeando y hojeando. O, si eres aficionado a la línea recta, ésa que va del principio al fin, notarás que la organización de los cuentos no dependió —como es costumbre— del orden alfabético de los apellidos de los autores, ni de las fechas de nacimiento o de la importancia, sino de las edades de los personajes.

No te vamos a engañar: hay dos que tres personajes adultos como el de "Callar a la niña" de Jordi Soler, en el que el personaje central es un señor; pero, total, dijimos, ¿cuál es el problema? Tú también, irremediablemente, serás adulto o adulta, y estos personajes —aunque sea difícil de creer— alguna vez en ese tiempo pasado que ya se perdió, fueron adolescentes.

Yo la maté

ÓSCAR DE LA BORBOLLA

Durante muchos años he guardado el secreto de la desaparición de mi abuela, de las circunstancias especiales que rodearon su deceso, pues no sólo nunca las revelé a nadie, ni siquiera a mis hermanos Ligia y Mario, que me habrían comprendido, sino que procuré eludir el tema sacándole la vuelta, fingiéndome distraído o de plano declarando mi rechazo a hablar del asunto ante quienes tenían el mal gusto de mencionármelo. Llegué incluso a imponerme castigos severos cuando mis propios sueños indisciplinados o mi pensamiento vagabundo me encaraban con la escena de esa muerte; entonces, me mojaba el dedo índice y lo metía en un enchufe de la luz, o me quitaba la camisa y me abrazaba al *bóiler* antes de bañarme, o me llenaba los zapatos de piedritas (método que aprendí leyendo en comics las vidas de los santos). Creí, iluso, que de esa manera olvidaría la secuencia de imágenes espeluznantes que se imprimió en mi memoria, que el simple silencio aunado al paso de los años borraría el recuerdo de ese rostro aterrado que yo sacudía con ambas manos al estrangular a mi abuela, como si el silencio no poseyera su propio lenguaje y no comunicara sus verdades a grandes voces.

Y es que no fue fácil. No fue fácil tomar la decisión ni fue fácil ejecutarla. Primero, porque yo amaba a la abuela: ella era la única que me decía Oscarito y no Oscarín, como los demás miembros de la familia; y segundo, porque yo era en aquel tiempo un niño de 12 años, debilucho, malcomido y torpe, y ella, una vieja encorvada de 70 que a diario barría la casa con su escoba de popotillo, y si bien ese deporte le había combado la espalda al grado de asemejarla a una herradura, al grado de tenerla doblada con la frente apuntando al piso como una silla de montar, era una herradura fuerte, una montura poderosa, o por lo menos con una fuerza y un deseo de vivir iguales a los míos. Aquello fue un combate, una pelea cuerpo a cuerpo de la que por poco salgo mal librado, pues de no ser por el porrazo que se dio en la cabeza cuando en su desesperación salió huyendo como un toro contra la pared de mosaicos de la cocina, me habría deshilachado las carnes con su vara de membrillo o me habría atravesado con su cuchillo cebollero. El golpe la atarantó, le rajó el cuero cabelludo y un fleco de sangre le cubrió los ojos. Yo aproveché la ocasión, le sujeté la garganta y apreté hasta hundirle la manzana de Adán, hasta sentir que se tronchaba como un guajolote y la nuca se le iba para atrás. Fue espantoso, en el último momento me dijo: Oscarito, con una voz que la asfixia endulzaba, y abrió desmesuradamente los ojos, tanto que reanimó mi ternura y me arrancó unas lágrimas. Sin embargo, no dejé de apretar. Ya estaba muerta y la seguí acogotando media hora más, pues estaba convencido de la justeza de mis razones que, por cierto, ahora no me resultan válidas. ¿Cómo iba a prever la evolución de mis valores allá atrás, en mi inocente infancia?

Mi abuela se había percatado de que sólo le sobraban unas horas extras, de que todos sus años se hallaban tirados como confeti en el suelo, de que su escaso tiempo se le iba a destajo y de que no había más, y por eso decidió fugarse, abandonarnos a nosotros, dejar a sus nietos que le ofrecíamos a raudales nuestra risa como un consuelo para su vejez, y en lugar de aceptarla, en lugar de sentirse colmada y satisfecha con lo único que podíamos brindarle: nuestra tonta forma de amor infantil, egoísta y posesivo, planeó su escapatoria. Quería vivir, hacer su vida al final de la vida, gastarse en ella lo que le quedaba, traicionar la abnegación que la había caracterizado siempre, sacudirse de todo aquel chiquillerío que le endilgaban mis tíos y mi mamá. Muchas veces la oí decir: "Ojalá y me lleve el diablo". Y creí, como todos, que se trataba de una frase más de fastidio en el interminable rosario de sus lamentaciones; pero pronto descubrí que el diablo no era el diablo, sino un endemoniado negro al que apodaban "El Diablo" por sus orejas puntiagudas y lo negro chamuscado de sus labios. La vergüenza anticipada, el temor a la deshonra, mi creencia en la virginidad senil me obligaron a matarla.

Hoy por fin me atrevo a gritar a los cuatro vientos lo que callé durante tantos años y generó en mí una necesidad de confesión cada vez más imperiosa. Hoy por fin, gracias a este cuento, puedo exhibir los detalles de mi primer crimen pasional sin tener que sufrir las consecuencias.

El abanderado

EUSEBIO RUVALCABA

Lo último que hubiera querido: que me escogieran para la escolta. Porque es mejor estar en la fila, sin que nadie se fije en ti ni tú te fijes en nadie, aunque siempre hay la posibilidad de que en la fila tú sí te fijes en lo que quieras, sea persona, animal, mueble o ciudadano director (como le gusta que le digamos al ciudadano director).

Pero ni modo. Me escogieron y ahí no puedes decir fíjense que no, gracias. Porque lo deciden entre el ciudadano director y los maestros de cada grupo. Dicen que se fijan en todo, o sea en lo que ellos creen que es todo: las calificaciones y la conducta. Claro está que tienes que estar en sexto. Pero estar en la escolta es muy cansado: te sacan a las diez de la mañana de tu clase y bajo el puritito rayo del sol te enseñan a caminar muy derecho, a portar la bandera, a izarla o arriarla, que así es como se debe decir y que significa lo contrario de izar.

Así que cuando dijeron mi nombre dije sopas, aquí se acabó mi felicidad. No sé ni por qué me escogieron. Pero puedo decirles que no soy muy machetero ni nada que se le parezca. Simplemente y para que mis papás no me molesten hago mis tareas, y en la clase tengo cerrada la boca, pero no para que me pongan diez en conducta, a mí eso no me importa, sino más bien porque mis compañeros son una punta de retrasados mentales, de esos con los que no puedes hablar de nada que no sea futbol o broncas callejeras. Y a mí me aburren como si estuviera viendo a Raúl Medasco, por eso prefiero estar solo en el recreo y no echar relajo cuando la maestra sale de la clase por cualquier cosa. Les voy a contar lo que sucede cuando la maestra abandona el salón, o mejor dicho lo que hacen Tinajero, Rivera, Dueñas, Aguirre —al que le apodan Lolo—, Carrillo y Pantoja.

Pues sí, como somos puros hombres, apenas la maestra pone un pie afuera, Tinajero se sube al escritorio y se saca la reata, o el pizarrín, como le dice mi papá; Rivera se orina en la bolsa de plástico y la avienta a la calle —casi siempre le cae a un coche que va pasando—; Dueñas les jala los pelitos de las patillas a todos los de su fila; Aguirre, al que le apodan Lolo y que dice ser muy sensible, se hace rosca y se pone a llorar; Carrillo saca de su mochila una revista de mujeres desnudas y se empieza a masturbar, y Pantoja se echa un pedo que hace que todos a su alrededor salgan disparados. Yo nomás los observo. Conmigo nadie se mete porque yo no me meto con nadie, no voy con el chisme ni acuso a nadie. Me tiene sin cuidado. Los muy ingeniosos me pusieron el Silencioso. Aunque más bien yo fui el que me puse el apodo. Le dije a Rivera, que es el más broncudo: ¿ya sabes cómo andan diciendo que me van a decir? No, dijo, cómo. El Silencioso, respondí yo. Y agregué: pero *ai* de quien me lo diga porque le agarro sus trompos. Naturalmente, al día siguiente todos me decían así. Sobra decir que así evité que me pusieran algún apodo que en serio fuera a molestarme, aunque se me hace que para que a mí me sulfure un apodo está difícil, además de que no creo que se les ocurra nada original.

Pues digo que estoy en la escolta y aquí estoy. Y justo con los más guerristas, cuyos nombres ya los habrán memorizado pero que los voy a repetir por si las meritas dudas: Rivera, Tinajero, Carrillo y Dueñas. Pantoja no; yo le propuse que se pasara a mi lugar y él aceptó encantado, pero la maestra dijo que no, que a mí me correspondía estar ahí y asunto concluido. Supongo que a estas alturas ya se habrán preguntado por qué escogieron a los más desmadrosos del grupo —salvo yo, que soy más bien indiferente y gris, como ya quedó dicho— y no a los más aplicados, como ha sido siempre. Pues por dos razones: porque los más aplicados ya habían estado en la escolta, y para ver si así se disciplinaban los relajientos. Porque según el ciudadano director, que dice que va a ser Secretario de Educación, los revoltosos mejoran si los haces sentirse bien.

Sobre lo que yo quería platicar con Tinajero y compañía era sobre otra cosa: sobre Chiapas y el subcomandante Marcos. Pero a nadie de mi grupo le interesaba. A mi papá sí. Me lee los comunicados y me cuenta las luchas que desde tiempos muy antiguos entablaron los indígenas y la forma en que los han despreciado, desaparecido y explotado, peor que si fueran animales, y digo peor no porque crea que los animales lo merecen, sino porque mi papá me dice que los han engañado vilmente, que les prometen una cosa, otra y otra, y al final les dan un cuerno. Él mismo ha guardado los periódicos desde el primero de enero, porque dice que el día de mañana van a servirme para un trabajo universitario.

Ahí sí está muy equivocado porque yo lo último que quiero es ir a la universidad. Tengo otros planes: terminar la primaria y dedicarme a viajar, sin que nadie me acompañe, por todo el mundo.

Tinajero dice que en Alaska te haces rico pelando pescado, que te pagan en dólares canadienses y que en menos de dos años ya regresas a México en un Corvette. Cuando Carrillo oyó el chisme dijo que en Alaska están las mujeres más cachondas del mundo, y que a los mexicanos no les cobran. ¿Cómo que no les cobran?, le pregunté. ¿Pues qué les van a cobrar, tienen una deuda o qué? No lo hubiera dicho porque todos se rieron de mí. Porque las mujeres te cobran para que te las cojas, tarado, dijo Carrillo y me dio un empellón. Ya lo sabía pero no me acordaba, tarado, le dije yo y le di un empellón.

Por fin llegó el siguiente lunes, el de la ceremonia. A años luz se veía que mi mamá estaba feliz de que me hubieran escogido precisamente a mí para que yo portara la bandera, es decir, para que fuera el abanderado. Y digo feliz porque el día anterior me llevó a la peluquería —a la Mejor del Mundo, que abre los domingos—, le puso almidón a mi camisa, como hace con las camisas de mi papá, y no me dijo que me bañara en la noche sino el lunes en la mañana, casi de madrugada, lo que provocó que casi me cayera de sueño con todo y bandera. No me dormí porque estaba hecho un nudo de nervios. ¿Y si se me olvidaba para dónde era el flanco derecho o el izquierdo? ¿Y si se me resbalaba la bandera? ¿O si me torcía un pie? Me podían ocurrir mil cosas. Así que puse toda mi atención para que no se me pasara ningún detalle. Por lo pronto Tinajero, Carrillo y Dueñas estaban paraditos como soldados. Hicimos un recorrido por todo el patio. El silencio era como el de los cines cuando ves una película de miedo. En la tarima, delante de un micrófono, el ciudadano director daba las órdenes: ¡Alto, ya! ¡Flanco derecho, ya! ¡Paso redoblado, ya! Hasta que por fin llegamos a la tarima, donde él estaba. Mientras se hacía a lado para que nos acomodáramos, yo quedé enfrente del micrófono. Y no sé por qué, pero entonces recordé un viejo sueño: dar el grito desde el Palacio Nacional, tal cual lo hace todos los años el presidente. Así que, sin importarme que no fuera 15 de septiembre sino 24 de febrero, agitando la bandera de un lado a otro, grité sin pensarlo dos veces: ¡Viva México!

De inmediato toda la escuela gritó: ¡Viva!, y entonces grité, todavía más fuerte, lo primero que se me vino a la cabeza: ¡Viva el subcomandante Marcos! Como si fuera uno solo, la escuela por completo hizo lo mismo: ¡Viva!

Bueno, eso fue hace unos cuantos meses. No tiene caso decir que tuve que repetir el sexto año. En otra escuela, por supuesto. Y de paga, para acabarla de amolar.

Misa de 7

JOSÉ FRANCISCO CONDE ORTEGA

Hace frío; todas las mañanas de diciembre amanece con este canijo frío. Cuando menos eso crees, porque te enteras de esto solamente los domingos.

Y sabes que bien vale la pena el sacrificio de levantarte tan temprano para ir a misa de 7. Es la hora en que ella va, con su mamá, a la iglesia de la Luz. Es el único momento del día en que puedes verla los domingos. No sabes a dónde se va después de misa ni a qué hora regresa. Y el lunes tarda tanto en llegar.

Hace frío, pero no importa. Tu suéter de la secundaria protege un poco. Te acercas más y la ves. Distingues su perfil y sus pestañas rizadas. El velo negro y la poca luz dentro de la iglesia hacen que su piel se vea más blanca. Las notas un poco pálida, ¡y tan bonita! Mientras te acercas entre las bancas para verla mejor, piensas en las palabras para decirle, ahora sí, que si quiere ser tu novia. No vaya a pasarte lo que el otro martes. ¡Carajo! La oportunidad que habías estado buscando y la desperdiciaste. Y todo porque, cuando te pidió que la acompañaras a la farmacia del parque —la más lejos de la cuadra— te pusiste a contarle tus hazañas en el futbol.

Ahora nada más ves su cabello y una de sus orejas tan bien formadas. Te esfuerzas y estiras los ojos, pero la cara de su mamá te tapa toda posibilidad de verla un poco más. Te adelantas hacia la derecha y ves mejor. Adviertes en su cara una mueca de fastidio y recuerdas dolorosamente que ni el miércoles ni el jueves la viste. Y sí el viernes. Y todavía te duele el cortón. Tú lo atribuyes a ese martes en que no supiste decirle nada. Y claro, ella se enojó. Y no le importó que hubieras faltado a la escuela para encontrarla cuando regresaba de la academia. Simplemente te cortó.

Ahora sí la ves bien. Admiras su lunar sobre sus delgadísimos labios; te inquieta su recta nariz; te llena de ternura el mohín con que se quita el mechón rebelde de la frente; quisieras cubrir de besos esos ojos delicadamente oscuros. Así, tan seria, con la mirada fija en el altar, parece una virgen. Tienes que pedirle que sea tu novia. No todo está perdido. Ayer te saludó y no la notaste tan seria.

La gente comienza a salir. Te das cuenta de que la misa terminó. Te extraña el comentario de unas viejitas. Te ven, te sonríen y dicen que qué hermoso que un muchacho tan jovencito sea tan devoto. Te apresuras a salir para verla bien. La ves cuando cruza la puerta de la iglesia rumbo al atrio. La luz de la mañana ilumina su figura delgada: sus piernas largas, su minifalda, sus botas, su pequeño busto.

Hace frío y sientes hambre. Te acomodas el suéter cuando pasan junto a ti. Miras la cabeza erguida de su madre. Ella voltea y te sonríe. Ansías que el domingo termine pronto.

La cruzada de los perros

ADOLFO CASTAÑÓN

Soñaba con el laberinto. Nunca pude pensar con indiferencia en el joven héroe. En cambio, me apiadaba del toro monstruoso. Me parecía injusto que lo asesinaran en su propia casa. Imaginaba el laberinto sin demasiada dificultad. Aunque no lo concebía como una construcción subterránea, sabía que para entrar en él había que bajar innumerables peldaños. Algunas partes de la construcción estaban a la intemperie. Los muros, muy altos, de piedra pintada con cal. Al cruzar los patios insolados por el blanco deslumbrante, la rigidez del aire hería los ojos. Me imaginaba que, una vez dentro de la enorme construcción, no me gustaría salir. Imaginaba la humedad de las estancias interiores, el silbido imperceptible de la brisa en los pasadizos, los túneles como pozos serpenteando la intimidad de sus hondas cavernas inaccesibles. Imaginaba otra muerte para los teseos que habían decidido quedarse a vivir en el interior de la construcción taciturna.

La fascinación por la perpleja arquitectura cretense me hacía venerar todo lo que la recordaba. El antiguo museo de antropología en la calle de Moneda contenía una reproducción de la tumba real de Palenque. Había que bajar por una escalinata insegura y mal alumbrada. Al final, podía verse el sepulcro a través de una ventanilla. Ahí estaba el cuerpo cubierto con alhajas de jade opaco, la cabeza enmascarada por un rostro esmeralda.

En la catedral, bajo el altar principal, se abre una cripta subterránea. Descendíamos a ella y, en medio de una luz indecisa, palpábamos el salitre de una piedra gastada y húmeda. Corría la leyenda de que quienes tocaran esa piedra serían protegidos por las fuerzas al acecho del México antiguo.

Buscaba los túneles, las criptas. En medio de las llanuras suburbanas, encontraba sin dificultad las construcciones abandonadas. Cubrían con láminas los cimientos abiertos; permanecía días enteros en el interior de aquellas construcciones. Aquellas frágiles trincheras me hermanaban con el topo, como me exigían mis lecturas. Eran las vidas de los grandes arqueólogos y la leyenda de sus descubrimientos. Leí y releí hasta el cansancio las vidas de Scheleimann, Thompson y Carter. Los arqueólogos ilustraban que vivir era descubrir tesoros prohibidos, desenterrar ciudades sagradas, despertar las fanfarrias dormidas de las ruinas, rescatar a los más remotos abuelos de la furia muda de sus sepulcros sin sosiego. En la tibia oscuridad de mis madrigueras imaginaba la historia patas arriba, los niños éramos los ancianos fundadores, los padres recién nacidos; los viejos, nuevamente niños, se aproximaban vacilantes, como al borde de una caverna, al gran misterio del nacimiento. Me sorprendía la inocencia de los otros, no entendía por qué los adultos renunciaban tan alegremente a la antigüedad. Por cierto, no abundaban los compañeros en aquel mundo subterráneo. Fui de hecho un solitario hasta que no oí hablar de las cruzadas de los perros. Era diciembre. Los llanos estaban secos y nos divertíamos incendiando los pastos. Correteábamos por los baldíos carbonizados impregnándonos de su dulce olor a incendio nuevo. Vagábamos a la espera de la cruzada que daba comienzo el día menos pensado. Ahí estaban los primeros perros, una jauría pendenciera rodeaba a una perra nerviosa que tan pronto corría huyendo sin detenerse y tan pronto permanecía sentada a la sombra de un zaguán rodeada por su corte callejera. La aventura tenía sus peligros. No era común que los perros muriesen en la pelea pero ya habíamos visto a un obstinado variopinto desangrándose hasta la muerte después del combate. Había que seguir día y noche a los perros hasta que se celebraba la cruzada en medio de gritos y ladridos. Los seguíamos en bicicleta, atravesábamos llanos, bordeábamos canales de leprosas aguas petrificadas, cruzábamos avenidas, nos adentrábamos en los territorios de otras bandas que nos seguían con la cruzada. Las expediciones concluían ante unos perros emparejados por la cola. Jadeaban, una equívoca mansedumbre encendía sus ojos mientras alrededor giraban inquietas la jauría y la banda. Los mirábamos con perplejidad en medio de turbias interjecciones; comprendíamos tanto como ellos por qué sucedían aquellas cosas. Más tarde, cuando oí hablar de las cruzadas, no pude disociar aquellas imágenes de la historia; me resultaba claro que las cruzadas estaban relacionadas con el descubrimiento de alguna ciudad sagrada, tal vez semejante a la de mis sueños de infancia. En ellos aparecía una iglesia del centro de la ciudad que solía visitar en compañía de mi abuela. Atardecía. Una luz gris esfumaba los rostros y confundía las formas. Al acercarme al confesionario se abría una pequeña puerta en su interior. Una oscura escalinata interminable se lanzaba hacia abajo. Los peldaños en la roca se precipitaban hacia el interior de la tierra en implacable línea recta como si fuesen los de una pirámide. A medida que bajaba, los escalones crecían bajo mis pasos. Al fin, después de un salto que duraba toda la noche y que me daba la impresión de sobrevolar los escalones, llegaba a una plazuela subterránea. Ahí me esperaban los abuelos con manos suaves, rígidas y arrugadas como raíces. Aguardaba mi llegada un puñado de hombres macilentos, rugosos, opacos. Los ojos pequeños y redondos se perdían en los rostros de piedra. Gobernaban un reino en agonía. Cada minuto, sacaban un cadáver de las entrañas de la tierra. Morían como moscas. Les faltaba el aliento y el alimento, el aire y el pan. Me revelaron en secreto lo que necesitaban: grasa para encerar calzado, de preferencia la crema llamada "El oso". Cuando volví, después de muchos trabajos —porque no es fácil regresar conscientemente al lugar de nuestros sueños—, la plaza subterránea estaba inundada. De la ciudad en agonía, no quedaban ni siquiera las ruinas, sólo un conjunto de inmóviles lagos subterráneos que se extendía sin fin por el centro de la tierra. En aquellas aguas heladas reinaba un vasto silencio que ahogaba los ecos sin permitir la menor resonancia. Las dimensiones de ese mar de grutas y galerías subterráneas no se podían adivinar en aquella oscuridad insondable, intacta. Me envolvía la paz. Era como si hubiese descubierto que el cielo se abría en las profundidades de la tierra. Así pues, había aire en el interior de la roca; así pues, la fortaleza estaba vacía y en el interior de cada montaña existía una ciudad. Años después, en los brazos del amor, descubrí los caminos que usaban los perros para volver a las ciudades subterráneas.

Una aventura inolvidable

ARTURO TREJO VILLAFUERTE

Para Tisbe y Trilce, lectoras.
Para mis compañeros de la Secun 93.

Desde que entré a la escuela primaria mi pasión fue la lectura. Tuve por fortuna a un tío sabio y muy afecto a leer todo lo que caía en sus manos, lo mismo libros que revistas o periódicos, sin faltar las historietas. Mi tío Beto (siempre lo llamamos así y nunca supe si era Humberto, Alberto o Ruperto) tenía predilección por la historia y la literatura, y, dentro de la segunda, le encantaban los libros de viajes y aventuras. Cuando llegaba a la casa de mi tía Margarita, prima hermana de mi tío Beto, quien terminó siendo un viejo solterón y gradualmente fue perdiendo la vista por una enfermedad, lo primero que hacía era buscar en la recámara del buen señor el cúmulo de revistas y libros que en perfecto desorden se encontraban lo mismo abajo del colchón que en el buró y sobre el chifonier. Para mí era más fácil leer las revistas ilustradas y las historietas, porque los dibujos y fotografías ayudan a comprender lo que estamos leyendo, pero llega un momento en que la letra lo dice todo y además nos hace imaginarnos más cosas.

Mi tío siempre me hacía preguntas de historia, sobre todo de la Revolución Mexicana, pero en general se concretaba a fechas y a ciertas batallas relevantes. En cambio, cuando él hablaba de los viajes que había hecho (o de los que inventaba, que era lo más seguro, ya que después supe —muchos años después— que nunca salió de esa encerrada casona de la colonia Bondojito) todo cambiaba: lo mismo me sumergía con su charla en la selva virgen de Chiapas que en los rápidos del río Usumacinta; luego íbamos, con sus palabras, hasta las infernales arenas del desierto de Sonora, donde en mulas y caballos mi tío Beto se había dedicado a traficar con armas durante la Revolución.

Mi tío llenaba mis tardes de parajes insospechados, de andanzas inauditas y de plácidos campamentos al lado de ríos y lagunas agitadas. Pero conforme crecí y fui leyendo más, comprendí que no había más mundo por descubrir y mi idea, siempre acariciada y vuelta a soñar, era internarme en alguna selva virgen y poder descubrir nuevos territorios... Pero todo estaba ya descubierto, ya ni siquiera podía ser pirata como los que pintaba Robert Louis Stevenson o Joseph Conrad, porque las leyes lo prohibían. Bueno, mucho menos darse de alta en un barco para recorrer el mundo, puesto que las naves modernas ya no necesitan grumetes y también existe una legislación que prohíbe a los niños trabajar. Con las charlas de mi tío en mente y los cientos de relatos que ya había leído a mis 12 años, entré a la secundaria 93, ubicada en San Pedro el Chico, cuya parte oriente daba al Gran Canal del Desagüe, el cual, al menos para mí y mientras no fuera mediodía y comenzara el aroma a pútrido, era un gran río que circulaba magnífico y lento rumbo al mar.

Sabía que el Gran Canal se iniciaba por el rumbo de San Lázaro, ya que una sobrina de mi abuelo Francisco vivía por esos rumbos de la llamada colonia Juan Polainas, donde decían que asaltaban a la gente y luego la aventaban al Canal para que sus cuerpos fueran encontrados por otros lados. Pero eran los años 60 y el Canal ni siquiera venía tan contaminado, se comenzaba a formar la colonia Nueva Atzacoalco, a donde nos habíamos ido a vivir, y en la colonia San Felipe de Jesús apenas comenzaba a aparecer una que otra casa. Nuestras caminatas de niños y de adolescentes eran por los rumbos donde ahora está la Unidad Aragón, el zoológico y el lago, que en esos años eran puros llanos, por un lado, y por el otro un bosque que llegaba al pueblo de San Juan. Pero el Canal era la línea divisoria entre el mundo conocido y el por conocer. Muchas veces lo cruzamos por unos anchos tubos que eran los únicos posibles puentes en muchos kilómetros a la redonda. Ahí también corría el rumor, sobre todo por el lado de la colonia Malinche, de que asaltaban y ahí aventaban a la gente. Lo cierto es que nunca vi nada semejante, aunque sí me tocó ver perros muertos y, en una ocasión, a unos metros del Canal y donde después se levantaría mi secundaria 93, en lo que ahora es Avenida San Juan, a un hombre muerto y con las tripas de fuera. Es como si lo siguiera viendo, por más que mi papá trató de evitarlo: tenía un pantalón gris oxford y una chamarra de cuero, estaba abotagado y de su cuerpo ya se desprendía un olor nauseabundo. "Seguro que lo acuchillaron", dijo mi padre, y seguimos con nuestro paseo en bicicleta. Ni esperanzas de que apareciera un policía o una patrulla; sencillamente ahí, sobre todo en las noches, era una zona sin ley.

Pero a mí me seguía intrigando el Canal. Por lo que comencé a leer supe que se unía con el río Tula en las proximidades de Zumpango, donde había un corte hecho en épocas de Porfirio Díaz, para facilitar la bajada de las aguas negras y juntarlas con la corriente del río. Luego vi unos mapas donde el río Tula se agrega a otro llamado Moctezuma y luego éste a otro llamado Tamesí, el cual descarga sus aguas al mar entre el rumbo de Veracruz y Tamaulipas. Por suerte para mí, me tocó estar en un salón que quedaba al final del pasillo, cerca de la calle y frente al Canal. Cuando el maestro de química o la maestra de biología comenzaban sus largas y aburridas disertaciones, lo mejor era posar la vista en la corriente y dejarla irse a navegar hasta llegar a los cauces de los otros ríos y luego al mar, al grandioso y profundo mar. En una ocasión, por estar echando relajo, el maestro de literatura, Samaniego (Samaciego para los cuates), nos sacó de clase y no hubo más remedio que irnos a la zona de talleres, de ahí brincarnos e irnos a comer unas memelas a Saint Peter Small (léase San Pedro el Chico). Comenzamos a platicar Salo, el Amor, Eutiquio (para qué quería un apodo si con ese nombre ya lo tenía), el Pelus, Monserga, Marquet y yo sobre las cosas que nos gustaría hacer. Cada uno explicó sus más aviesos o queridos motivos para hacer ciertas cosas que iban desde las fantasías eróticas con amigas, vecinas y primas, hasta conseguir una bicicleta o viajar a una playa. En esa misma plática planteé la posibilidad de realizar esa travesía acuática y, ¡claro!, las bromas no se hicieron esperar: "Sí, nada más que con tanques de oxígeno, porque hiede a rayos", "No juegues, yo ni siquiera sé nadar".

Pero a los 12 años en cada adolescente se esconde un justiciero, un soñador o un intrépido aventurero. Mitad en cotorreo, mitad en serio, los muchachos se propusieron acompañarme en esa aventura que, hasta donde yo sabía, nadie había realizado.

Por principio de cuentas, sonsacando a la maestra de geografía, comenzamos a consultar mapas hidrológicos de la República, pero en ellos no venía el Canal, aunque eso no frenó nuestros ímpetus aventureros. Supimos por los libros del corte de Nochistlán en dónde, posiblemente, habría una caída, luego revisamos que no hubiera presas construidas para frenar el caudal de los ríos que íbamos a usar en nuestro recorrido. Como no había fotocopias, el Amor (que por cierto le decíamos así porque si le quitábamos los lentes no veía nada y como decían que el amor era ciego...) se encargó de hacer copias con papel calca de todos los tramos de ríos que utilizaríamos. Mientras tanto, el Pelus consiguió una balsa de regular tamaño que había pertenecido a uno de sus tíos cuya diversión era ir al río Balsas a navegar; por su parte, Salo y Eutiquio comenzaron a hacer robos "hormiga" en sus casas con productos enlatados, además de hacer acopio de lo que nosotros habíamos hecho en las nuestras. Marquet, que vivía en República de Chile (sin albur), consiguió lonas a precios accesibles. El Kalimán, cuyos padres tenían una vulcanizadora, nos consiguió cámaras de auto de medio cachete y nos las vendió muy baratas, pero no quiso ir con nosotros porque no sabía nadar. Monserga, como vivía cerca del Canal y tenía un cuartito en la azotea de su casa, guardó todos los implementos necesarios para el viaje. Conseguimos también en nuestras casas envases grandes para depositar agua en ellos. En una tarde en que nos reunimos, comenzamos a desechar cosas supuestamente inútiles y luego hicimos una lista de otras que debíamos de llevar a fuerza: una bomba de aire, sobre todo por si la balsa se desinflaba ya que las cámaras, para que no hicieran bulto, las llevábamos desinfladas; una navaja 007 con destapador y saca-corchos incluido, además de una brújula por si las dudas; ropa de mezclilla porque aguanta la mugre; sombreros o cachuchas para soportar mejor el sol y, claro, los mapas, además de tres lámparas sordas para alumbrarnos en la noche.

Todo estaba preparado pero faltaban los grandes detalles de toda expedición adolescente: pedir permiso, escoger bien los días para no faltar a la escuela y prepararse anímica y psicológicamente para efectuar la peligrosa aventura. Decidimos no pedir permiso, sino dejar cartas en lugares estratégicos donde decíamos que nos íbamos de vacaciones toda la bola de amigos, incluso con las direcciones de los otros en cada misiva particular, para que nuestros padres no se preocuparan. Pero, ¡claro!, nunca mencionamos a dónde ni por qué medio iríamos. Bonitos nos íbamos a ver regañados y sin permiso. Ya en una ocasión, cuando estaba en la primaria, se organizó un campamento y mi papá no me dejó ir, y eso que iban los maestros, entonces terminé acampando en el patio de la casa, donde armé mi tienda de campaña y mi mamá me llevaba la comida a mis horas.

La salida tenía que ser de noche porque si lo hacíamos de día llamaríamos mucho la atención y no faltaría la gente caritativa que nos quisiera sacar del canal. Por si las dudas, el Kalimán vulcanizó la balsa y pintó los remos por el mismo precio ya que, bien lo dijo, "en esas aguas seguro que hay muchos ácidos y se pueden comer el hule". Detectamos un lugar cercano a la casa de Monserga donde podíamos (así se dice en términos marineros) botar la balsa. Todo lo hicimos con sigilo y tuvimos suerte ya que el día que habíamos decidido dar el primer paso, los papás de Monser se habían ido a un bautizo y entonces no nos preocupamos de nada, hicimos el ruido que quisimos y los hermanos menores de Mon, por estar *clavados* viendo la televisión, ni siquiera le pusieron atención a nuestros movimientos. Inflamos la balsa y nos colocamos chalecos salvavidas, los que los teníamos, los otros le echaron aire a sus cámaras. Acomodamos las cosas arriba y las aseguramos para que, en alguna voltereta, no nos quedáramos sin los sagrados alimentos. A las 19 horas del doce de octubre de 1967 nos hicimos a la aventura: soltamos las amarras de nuestra balsa bautizada con un sidral como *La Niña* y los siete comenzamos a remar con fuerza y decisión. Pasamos el primer puente aún con buena luz, pero decidimos encender las linternas delanteras que habíamos asegurado con *masking tape*. Según nuestros cálculos, éste era el puente de San Juan de Aragón. Ahí conseguimos una buena corriente que nos arrastró hasta donde estaban construyendo otro puente: el de la San Felipe. Nuestra experiencia marinera se remontaba a remar en Chapultepec y alguna visita a Xochimilco, pero nada más, aparte de las docenas de libros sobre el mar y sus peligros escritos por Salgari, Conrad y Stevenson.

Seguimos empujados por esa suave pero enérgica corriente, soportando el aroma penetrante del Canal, semejante al que despedían de sus cuerpos el Pelus y el Amor cuando no se bañaban en tres días y en eso sí ya teníamos experiencia. La Niña se deslizaba con fuerza cuando notamos que algo se había atorado en una de las llantas que llevábamos en los costados. Pese a que alumbramos con nuestras linternas, no le veíamos la forma al bulto que ahí se encontraba. "Se me hace que es un perro", dijo Eutiquio, pero Marquet le comentó, como siempre riendo estruendosamente, que más bien parecía un burro, sin ánimo de ofender a ninguno de los presentes. Por su avanzado estado de descomposición y por su tamaño, nadie quería mover al bulto ese, hasta que comenzamos a echar disparejos para ver quién era el suertudo que realizaría semejante labor; le tocó al Amor, quien se quitó los lentes para no ver nada. Con fuerza jaló al bulto ese y, en efecto, se quedó con una pierna no de burro sino de un caballo que alguien aventó al Canal, en lugar de aprovechar la carne para hacer hamburguesas o tacos al pastor, ya de perdis.

La oscuridad ahora era total. En las cerca de dos horas que llevábamos navegando, según mis cálculos ya debíamos haber llegado al Puente Negro, donde pasa la carretera a Pachuca y sí, en efecto, a lo lejos vimos la estructura. Sabía que nos acercábamos al tajo de Nochistlán, pero ahí no sabíamos cómo estaría la corriente. Por lo pronto, en ese lapso habíamos sorteado los vertederos de aguas negras y productos de desecho de todas las fábricas de Xalostoc y Ecatepec, las cuales eran verdaderos caudales llenos de espumas y grasas malolientes. Con la ayuda de los remos, nos seguimos impulsando hasta que, de nueva cuenta, comenzó a ayudarnos una corriente fuerte y constante. Casi tres horas después, cuando ya eran casi las 12 de la noche, entramos de lleno al tajo, el cual nos impresionó por su construcción que permitía la salida del agua de la meseta de Anáhuac, y tan salía el líquido que las lagunas del norte de la ciudad se desecaron. Pese a las descargas pestilentes de la zona industrial, al salir al campo el agua se aclaraba un poco y pudimos quitarnos los pañuelos de las narices, para poder respirar el aire frío y puro del descampado.

Decidimos que cuatro de nosotros durmieran mientras los restantes hacían guardia y controlaban la travesía con los remos de madera, desechos de Chapultepec y comprados por Marquet a un precio bajísimo. Nuestras linternas de proa alumbraban a escasos tres o cuatro metros cuando mucho, por lo que teníamos que estar al pendiente de los posibles desniveles o caídas. Ahí precisamente todos maldijimos por no llevar una buena lámpara sorda que diera un haz potente, sobre todo al descubrir las primeras caídas fuertes donde seguramente se unía el Canal con el río Tula y que, al no verlas a tiempo, salimos todos salpicados de agua putrefacta, además de dar casi tres vueltas completas y perder un remo y una de las llantas que iba a los costados de la balsa. La cosa se complicó porque casi no veíamos y comenzaba a soplar un aire frío que helaba casi los huesos y nos hacía torpes para remar. Ya controlada La Niña, con todos despiertos a bordo, decidimos tomar un refrigerio. Por lo pronto el cauce se había ampliado de los casi seis metros de ancho hasta llegar a 12 o 20 metros en algunas partes, lo que nos permitía maniobrar con más facilidad, además de que el agua ahora era menos densa y más fácil la navegada.

Comimos con muchas ganas y tomamos unas tazas de café caliente gracias al termo que, providencialmente, se le había ocurrido llevar a Monserga. Eran ya casi las cinco de la mañana cuando divisamos una ciudad grande, con sus luces de las calles aun encendidas y rodeada de la bruma que despedía el río: seguramente era Tula. ¿El río estaría ya aquí en la época de los Toltecas? ¿Ce Acatl Topiltzin Quetzalcóatl se bañaría en sus, entonces, cristalinas aguas? Pasamos la ciudad sorteando los vertederos de las cañerías citadinas que envían sus cenegosos líquidos al río sin ningún tratamiento, propiciando la contaminación del agua. Pese a ello, y ya contando con la claridad del día, en algunas partes se veía la corriente fluir casi transparente. Con el amanecer todo cambió, incluso nos detuvimos en un paraje lleno de viejos ahuehuetes, cerca de Ixmiquilpan, en el estado de Hidalgo, para desayunar en toda forma. Como el Pelus había sido *boy scout*, supo hacer una buena fogata para asar salchichas y preparar un delicioso café negro. Luego de dormir algunas horas, con el sol pegando a plomo, decidimos seguir nuestra travesía. Conforme avanzábamos por el ahora ancho río, me imaginaba cómo sería hace cinco siglos, cuando los hñahñús pescaban en sus aguas y los chichimecas caras negras merodeaban por esta zona. Para evitar perjuicios como el de la madrugada, pensamos en que ahora la navegación se haría con la luz del día, lo que nos permitiría ahorrar baterías y ver con más claridad los accidentes que se nos presentaban, sobre todo los troncos y rocas cruzadas, con las cuales tuvimos varios encontronazos sin graves consecuencias para la balsa.

En la noche encontramos un lugar tranquilo, donde la corriente fluía lenta y no nos costó trabajo deslizar a La Niña hacia la ribera. El Pelus hizo una buena fogata ya que encontramos una buena cantidad de leña seca, lo único malo fue que Marquet, por estar de desmadroso, al echarle petróleo a la fogata terminó agregándoselo a la sopa Campbell que ahí calentaba y preparaba con esmero Benito Monserga. Obviamente la sopa supo a rayos y centellas pero como teníamos hambre no quedó ni un mililitro. Al despertar descubrimos que nos habíamos dormido muy cerca de una gran cantidad de buitres carroñeros, los cuales, pegados a las gruesas ramas del árbol, parecían fantasmas oscuros o vampiros tenebrosos. La verdad es que daban miedo con sus ojos redondos y brillosos. Para variar, Marquet, con su humor negro, inmediatamente comentó: "Como todos estamos muy apestosos y sudados, como olemos a muerto, ¿qué tal si nos confunden y en la noche nos sacan los ojos y nos comienzan a devorar?". Todo mundo le dijo hasta de qué se iba a morir el inquieto y siempre latoso compañero.

Al comenzar a navegar notamos que, luego de media hora de remar, la corriente se hacía fuerte y vimos con estupor cómo el río comenzaba a deslizarse de manera abrupta. Si bien es cierto que no era una catarata, bien parecía un rápido dentro del río que, hasta ese momento, era pacífico y cordial. La corriente nos zarandeó y una llanta lateral se fue junto con otro remo. El Amor, que no iba bien agarrado a las cuerdas que amarramos a los costados de la balsa, salió disparado y fue a caer sobre unas piedras, dándose un costalazo de fenomenales consecuencias para su fláccida humanidad. Pero fue mejor que cayera entre las piedras y no en el agua, porque él era, de todos, el que no sabía nadar. El Amor nos siguió por la ribera puesto que ya no pudimos detener la balsa ni subirlo a bordo, pero para eso fueron casi cinco kilómetros los que anduvo, hasta llegar a una parte que no estaba profunda y donde pudimos orillarnos para que abordara La Niña.

Luego de ese suspiro que duró cerca de una hora, al comenzar el atardecer encontramos un remanso y ahí hicimos nuestro campamento. El paisaje había cambiado radicalmente: del clima semidesértico y polvoso del Valle del Mezquital, ahora pasamos a uno con más vegetación y cálidamente verde. Dormimos como osos en invierno y como no pensamos en hacer guardia, cuando despertamos descubrimos que unos perros habían husmeado la comida y se dieron un atracón con lo que íbamos a desayunar; por fortuna, había víveres suficientes. Teníamos calculado llegar cuando mucho en cuatro días ya que la corriente estaba a nuestro favor y, hasta el momento, no habíamos encontrado contratiempos. Una de las cosas impresionantes de este tramo fue ver también cómo el río, al ir buscando salida a sus ímpetus hidrológicos, va tallando cerros, haciendo paredes de increíble belleza y de impresionante arquitectura donde nosotros, hasta abajo y en el río, éramos como unas moscas en un mantel de colores.

La preocupación más patente en nosotros era el saber cómo se juntaría el río Tula con el Moctezuma, cosa que en los mapas no se dice y que tan sólo sabíamos que era un afluente que se unía en la parte donde se juntan Hidalgo y San Luis Potosí. Para evitarnos una sorpresa, comenzamos a navegar casi cuando amanecía, también con la idea de aprovechar lo fresco del día. Cuando el calor fuera insoportable podríamos detenernos en algún remanso con sombra para reiniciar la jornada al atardecer, pero aún con luz natural para poder ver mejor el cauce. Al atardecer descubrimos dónde se une el río Tula con el Moctezuma y, al ver los remolinos que se formaban y la fuerza con que el primero se integraba al segundo, pensamos evitar ese tramo por agua y caminar por la vertiente hasta donde el Moctezuma estaba menos inquieto y era navegable. Por la flojera de desinflar la balsa, decidimos cargarla, lo cual hicimos con pasos lentos y muchas dificultades por lo abrupto del terreno. Terminamos ese traslado todos raspados y cansados, con ganas de dormir como troncos; incluso Eutiquio estaba casi decidido a dejar la aventura y buscar la primera ciudad o pueblo, agarrar un autobús y regresar al DF. Lo convencimos de que acaso el pueblo o ciudad más cercana podía ser Jacala en Hidalgo o Tamazunchale en San Luis Potosí, que estaban a muchas horas de camino y no le convenía andar por el campo y en lugares que no conocía, puesto que le podía pasar algo grave.

Luego de un fresco y rico baño en el río, tras curar las llagas y heridas propias de quienes no están acostumbrados a cargar, reiniciamos la travesía ahora en la corriente del Moctezuma. Si en el río Tula las orillas estaban separadas por 12 o 20 metros de aguas, aquí eran de casi el doble, lo que ahora sí nos proporcionaba una navegación en forma, con la corriente a favor y ya sin tantas piedras y troncos como en el Tula. La corriente, si bien era más fuerte, no era tan bronca como en algunas partes del río Tula, lo que nos permitió holgazanear y dejar los remos para otra ocasión. Lo que sí vimos ya más seguido fue a gente en sus lanchas, muchas casas y pueblitos a la orilla del río. Incluso en una de nuestras estancias para descansar y comer, platicamos con varios campesinos ribereños que se asombraron al saber desde dónde veníamos y, sobre todo, cómo lo habíamos hecho. Si bien es cierto que esa travesía no era una gran hazaña, sí era nuestra *Gran Hazaña*, una aventura que, terminara como terminara, sería inolvidable. Por lo pronto veía los rostros de mis compañeros y en ellos ya no había las caras aniñadas, sino unos rasgos más viriles, de adolescentes que dejan de serlo porque han sabido tomar decisiones, plantearse algún problema y resolverlo. El simple hecho de salir de nuestras casas así, sin permiso, el desafiar el tufo ingrato del Gran Canal del desagüe, las corrientes rápidas del río Tula más lo que se presentara en los próximos días, sencillamente nos había hecho madurar. Sí, cierto, por edad éramos niños, pero por actitudes y por decisión estábamos convertidos ya en unos jóvenes hechos y derechos.

El río Moctezuma se despeñaba sobre el Tamesí en una caída de casi 15 metros. Por fortuna para los 7 expedicionarios, nos dimos cuenta de semejante bajada muchos metros antes y cuando aún nos podíamos orillar, aunque tuvimos que remar con brío y fuerza para alejarnos de las fuertes corrientes que ahí se producían. El Amor volvió a caer al agua, pero no se soltó de la cuerda y traía además uno de los chalecos salvavidas que el Pelus compró en Tepito y que, según el vendedor, provenía del *Titanic*, lo que estaba muy a tono con la situación del Amor, que casi estuvo a punto de irse a pique por segunda ocasión. Años después supe que había muerto ahogado en una alberca pues nunca aprendió a nadar. Repetimos la operación "balsa cargada", pero ahora sí la desinflamos y de esa forma hizo menos bulto y pesó menos. Cuando bajamos de la abrupta sierra donde se despeñaba el Moctezuma, nos encontramos con un río de aguas casi limpias, mucho más ancho que los dos anteriores, donde nuestra pequeña balsa parecía una cascarita de nuez tirada en el campo. Pese a que la corriente estaba a nuestro favor, tuvimos que usar los remos para darle dirección a La Niña. Lo que nos costó dificultad al principio del viaje, ahora lo hacíamos con mucha sencillez y pericia. Los remos parecían una extensión de nuestras manos y maniobrábamos como marinos expertos en su oficio. Casi como habíamos calculado, aunque con algunas horas de retraso, llegamos a donde el Tamesí descargaba sus aguas, junto con lodo y todo tipo de objetos minerales, animales y vegetales, al gran Golfo de México. Ahí todo era ancho y bello.

Una sorpresa nos tenía reservado el destino: nuestros padres, enmuinados y dispuestos a darnos un castigo ejemplar, nos esperaban en la desembocadura. Pese a que de locos y pentontos no nos bajaron, con excepción de Benito Montalvo, alias Monserga, a quien sí le dieron una bola de cinturonazos por haber dejado a sus hermanitos solos, con el resto de nosotros no pasó de un buen cuerazo, un regaño inclemente y luego una felicitación por habernos atrevido a realizar semejante hazaña. No descubrimos nada, no abrimos una nueva ruta comercial para ningún lado. Sencillamente habíamos logrado una aventura personal que, para los siete tripulantes de La Niña, sería inolvidable.

Mi segundo beso

ALEJANDRO PALESTINO

ngie, que así se hacía llamar, no fue una novia como todas en esa edad en la que los barros y las espinillas delatan la comisión de un delito: la pubertad, mejor conocida como adolescencia o, más específicamente, la época en la que no sólo se terminó la niñez sino que, también y para colmo, empezó la secundaria.

Mi novia no era como todas, simplemente porque tenía muchos años más que yo (digamos tres o cuatro) y porque su amor alcanzaba para todo, tanto como para ser mi amiga, mi hermana mayor o mi guardaespaldas. No es que fuera fornida ni fea. Tenía el pelo largo y lacio, tan rubio que seguramente se lo pintaba; de repente caminaba como si fuera Pelé a la hora de *driblar* a un defensa en los límites del área grande; se esmeraba en el maquillaje y en cultivar uñas largas y rojas. Nunca se puso falda ni se desabotonó de más la blusa.

En aquellos tiempos yo suspiraba por Sofía, pasado ya el enamoramiento por mi maestra de sexto de primaria. Era, por así decirlo, la consentida de cualquier profesor, la que levanta la mano cada vez que ninguno de sus congéneres sabe la fórmula para calcular la velocidad de un cuerpo inerte en caída libre; la clásica chava de dieces al por mayor, buena familia, experta en álgebra y en mirar de ladito, con faldas que si bien no llegaban hasta el huesito poco les faltaba.

Toda una dama.

Ahora que, por los brincos a los que nos tiene acostumbrados el destino, resulta mi compañera de banca en segundo año. Por eso, cada mañana llegaba a la escuela con la sensación de haberme tragado un sapo y con la esperanza de entregarle una carta de amor que jamás me atreví a escribir y, si llegué a hacerlo, francamente ya no me acuerdo.

Como era muy necio, solía pensar en ella a todas horas. Recordaba el aroma de su perfume, mezcla de jabón de olor y sudor contenido; la trenza rematada con un listoncito rosa o verde; sus apuntes vueltos y vueltos a pasar en limpio. Sin embargo, una tarde, en la calle ganada a la lluvia de agosto, vi los ojos de Angie, la sonrisa de Angie, las piernas enmezclilladas de Angie, su pelo color paja, su risa ronca a la hora de acercarme a ella, sentada en el filo de la banqueta, cuando fui a recoger la pelota que el Calabazón tuvo a bien mandar al infierno en vez de anotar en la portería de los contrarios.

No recuerdo lo que me dijo. Tampoco lo que le contesté y que le hizo mucha gracia. Por lo mismo, no deseo acordarme si se me pusieron las orejas rojas ni si ganamos o no aquella cascarita contra el equipo del Popochas. El asunto es que, después de ese primer encuentro, siempre terminaba cruzándome con Angie en cualquier lugar, fuera la miscelánea o la panadería.

Con el tiempo ya era habitual que me acompañara; que yo me gastara los cambios en dulces, refrescos o paletas que le regalaba; de ahí que también me convirtiera en un profesional en eso de justificar lo inexplicable: se me ha de haber caído en el camino, me vieron la cara, me asaltaron, ¿seguro me diste un billete de a diez?

Angie reía. Parecía sorprenderse con mi timidez, con mis historias, con mi falta de atributos para bronquearme con éxito a la salida de la escuela. Incluso su experiencia me sobrepasaba: pateaba el balón con fuerza y elegancia, y jamás pude ganarle en las máquinas de juegos electrónicos. Me aceptaba con todos los antecedentes de mi vida de perro, es decir, con mi uniforme, mis tareas, la ropa de mis hermanos mayores que jamás podría quedarme, un padre contador y una madre abnegada hasta el chantaje.

Pronto aprendí a escaparme con Angie, a aceptar que los amigos me envidiaran, a platicarle acerca de mis últimos descubrimientos, y a que me guiara por una ciudad inmensamente grande y casi desconocida, llena de túneles, vendedores, gritos, basura, algarabía y prisa. Fue allí, en medio de esta ciudad y bajo tierra, entre las estaciones Etiopía y Eugenia de la línea tres del Metro, cuando Angie tomó la iniciativa y me llenó la boca de besos, de esa sensación de calor tibio y húmedo; y yo que me guardaba para la más aplicada del salón y que me imaginaba que estas cosas se hacen siempre con declaración de por medio; yo que moría por imaginar cómo se bañaba Sofía, ahí estaba, correspondiéndole a Angie, mientras escuchaba que alguien decía que lo que estábamos haciendo era una cochinada.

Salimos del Metro abrazados. Por mi parte, llevaba en el bolsillo una certeza que me dediqué a acariciar desde entonces, así como se hace con lo recién adquirido: la vida es más sencilla de lo que parece, sin importar que no nos guste ser como somos.

A veces, al recordarlo, pienso que cuando uno es joven no puede darse el lujo de intentar lo que los grandes; sin embargo, tuve a Angie, su voz cruda, su negativa a que las cosas llegaran a mayores; además, ni ella ni yo teníamos dinero, sólo las palabras y los besos, los abrazos en el transbordo del Metro Balderas, todos los túneles de la ciudad a nuestra disposición y la pintura de labios que me limpiaba cuidadosamente antes de llegar a casa.

"No", solía decirme Angie al oído a la hora en que el mes de abril se me metía en la sangre en algún parque. "No", pienso ahora, Angie no era hombre como decían las malas lenguas, "no", me repito, quién sabe cuántos años después, ahora que me la encontré en un supermercado vestida de otra manera. "No", aunque quién sabe, a lo mejor sí se llamaba Carlos.

Secreto a voces

MÓNICA LAVÍN

Seguramente alguien ya lo había leído. Irene no lo encontró en su mochila, donde a veces lo traía con el temor de que en casa su hermano lo abriera. El diario no tenía llave, así es que lo sujetaba con una liga a la que colocaba una pluma —del plumero— con la curva hacia el lomo de la libreta. De esa manera, cualquier cambio en la colocación de la pluma delataba una intromisión. Nunca pensó que en la escuela alguien se atrevería a sacarlo de su mochila.

Se acordó de la tía Beatriz con rabia. Cómo se le había ocurrido regalárselo. "A mí me dieron un diario a los quince años, así es que decidí hacer lo mismo contigo." Deseó no haber tenido nunca ese libro de tapas de piel roja. Ahora estaba circulando por el salón, quién sabe por cuántas manos, por cuántos ojos. Miró de soslayo, sin atreverse a un franco recorrido de las caras de sus compañeros que resolvían los problemas de trigonometría. Temía toparse con alguna mirada burlona, poseedora de sus pensamientos escondidos.

Repasó las numerosas páginas donde estaba escrito cuánto le gustaba Germán, cómo le parecían graciosos esos ojos color miel en su cara pecosa y cómo se le antojaba que la sacara a bailar en las fiestas del grupo. Más lo pensaba y más se ponía colorada. Menos mal que habían notado la pérdida en la última clase del día. No podría haber resistido el recreo, ni las largas horas de clases de la mitad de la mañana, sabiéndose entre los labios de todos y que su amor por Germán era un secreto a voces.

Justo el día anterior, Germán se había sentado junto a ella a la hora de la biblioteca. Debían hacer un resumen de un cuento leído la semana anterior. Como no se podía hablar, Germán le pasó un papelito pidiendo ayuda. "sos, yo analfabeta." Con dibujitos y flechas, Irene le contó la historia que Germán a duras penas entendía y se empezaron a reír. La maestra se acercó al lugar del ruido y atrapó el papelito cuando Germán lo arrugaba de prisa entre sus manos. La salida de la hora de biblioteca les valió una primera plática extra escolar y dos puntos menos en lengua y literatura.

Todo eso había escrito Irene en su libreta roja el miércoles 23 de abril, mencionando también qué bien se le veía el mechón de pelo castaño sobre la frente y cómo era su sonrisa mientras le pedía disculpas y le invitaba un helado, el viernes por la tarde, como desagravio. Los mismos latidos agitados de su corazón al darle el teléfono, estaban consignados en esa última página plagada de corazones con una G y una I que ahora, todos, incluso el mismo Germán, conocían.

Al sonar la campana, abandonó de prisa el salón, y hasta fue grosera con Marisa.

—¿Qué te pasa?, parece que te picó algo.

—Me siento mal —contestó sin mirarla siquiera y preparando su ausencia del día siguiente.

En la casa, por la tarde, recordó ese menjurje que le dieron una vez para que volviera el estómago: agua mineral, un pan muy tostado y sal; todo en la licuadora. Cuando llegó su madre del trabajo, la encontró inclinada sobre el excusado y con la palidez de quien ha echado fuera los intestinos.

Pasó la mañana del viernes en pijama, intentando leer *El licenciado Vidriera*, que era tarea para el mes siguiente pero decidiéndose por *Los crímenes de la calle Morgue*, pues al fin y al cabo no pensaba volver más a esa secundaria. Poco se pudo concentrar, pensando en las líneas de su libreta que ahora eran del dominio público y planeando la manera de argumentar en su casa un cambio de escuela. Era tal su voluntad de olvidarse del salón de clases, que ni siquiera reparó en que era viernes y que había quedado con Germán de tomar un helado hasta que sonó el teléfono.

—Te llama un compañero, Irene —gritó su madre.

No pudo negarse a contestar, habría tenido que dar una explicación a su madre, así es que se deslizó con pesadez hasta el teléfono del pasillo.

—Lo tengo —gritó para que su madre colgara.

—Bueno.

—Hola, soy Germán. ¿Qué te pasó?

—Me enfermé del estómago.

—¿Y todavía te animas al helado? —se le oyó con cierto temor.

Irene se quedó callada buscando una respuesta tajante.

—No, no me siento bien.

—Entonces voy a visitarte —dijo decidido—, así te llevo el tema de la investigación de biología. Nos tocó juntos.

No tuvo más remedio que darle su dirección, bañarse a toda prisa y vestirse. Esa intempestiva voluntad de Germán por verla era una clara prueba de que la sabía suspirando por él. Ahora tendría que ser fría, desmentir aquellas confesiones escritas en el diario como si fueran de otra.

Germán llegó puntual y con una cajita de helado de limón pues "era bueno para el dolor de estómago". Irene se empeñó en estar seca, distante y sin mucho entusiasmo por el trabajo que harían juntos. La cara de Germán fue perdiendo la sonrisa que a ella tanto le gustaba.

Antes de despedirse, y con el ánimo notoriamente disminuido después de la efusiva llegada con el helado de limón, Germán le pidió el temario para los exámenes finales pues él lo había perdido. Irene subió a la recámara y hurgó sin mucho éxito por los cajones del escritorio y en su mochila. Se acordó de pronto que apenas el jueves había cambiado todo a la mochila nueva. Dentro del clóset oscuro, metió la mano en la mochila vieja y se topó con algo duro. Lo sacó despacio: era el diario de las tapas rojas con la curva de la pluma hacia el lomo.

Bajó de prisa las escaleras.

—Lo encontré —dijo aliviada—, pero el temario no.

Germán la miró sin entender nada.

—Es que ya no iba a volver a la escuela —explicó turbiamente—. ¿Quieres helado?

—Ya me iba —contestó Germán, aún dolido.

—No, todo ha sido un malentendido. No te puedo explicar, pero quédate, por favor —intentó Irene.

—Está bien —contestó Germán con esa sonrisa que a ella tanto le gustaba y el mechón castaño sobre la frente, sin saber que esa tarde quedarían escritos en un libro de tapas rojas.

Aquellos terribles e inolvidables gemelos

JOSÉ LUIS MORALES

A los gemelos las chavas los marcaban a presión por toda la escuela. No los dejaban ni a sol ni sombra. La más cargadita de todas era Laura. Se tomaba del brazo de uno o del otro y no lo quería soltar ni para ir al baño. A veces ni siquiera entraba a clases por seguirlos a donde fueran. La muy tonta estaba enamorada de los dos y cualquier babosada que hicieran o dijeran se las festejaba estentóreamente. Pero no sólo ella. También la Güera Enríquez, Lilia la Sotaca y Eloísa la Tortona se desvivían por atender a los gemelos y por andar echando relajo con ellos antes de la entrada, durante el recreo y a la hora salida, como si fueran sus eternas damas de compañía o no sé qué.

También había dos o tres babosos que la hacían de sus vasallos, pues, pa'cabarla de amolar, los gemelos siempre traían dinero a manos llenas y los mandaban que por los refrescos o las tortas, que por los helados o las palomitas o que por un antojito tonto para las chavas, las cuales nada más se estremecían cuando uno de ellos o los dos se dignaban a tomarlas del talle o a jalarlas de la manita para moverlas de uno a otro lado de su pecaminoso círculo de amistades. Yo nunca supe, por más que me arrimaba y levantaba oreja, de qué tanto platicaban, pero de pronto rompían en estruendosas carcajadas y se empezaban a empujar unos a otros y las muchachas a gritar peor que si las estuvieran violando y ellos ja, ja, ja... ji, ji, ji... jo, jo, jo, risa y risa, con sus chapitas bien prendidas, su cabello rubio ensortijado y sus suéteres de color vino igualitos. Parecían gatos siameses, pues lo que hacía uno, el otro de inmediato lo secundaba y las chavas, pues, los seguían incondicionalmente.

Así era, digo, antes de entrar, durante los recreos y después de clases: la banda jugando futbol, frontón o corriendo como desaforados por doquier y los gemelos ahí, estáticos en un rincón, dejándose querer y casi con todas las mejores chavas de la escuela para ellos solitos, pues unas se iban y llegaban otras, y sus cuates lambiscones, bien, bien, espantándoles las moscas y sirviéndoles de gatos, el caso es que parecían jeques árabes, potentados o artistas o qué sé yo, y ya sólo faltaba que les aplaudieran o les llegaran a pedir autógrafos, pa'cabarla de amolar. Francamente, a todos nos caían como patada de mula.

El Chíspiro se quejaba amargamente de que no dejaban nada pa' los cuates, Almaraz los miraba con un odio silencioso y la Morsa Félix a cada rato mascullaba que se estaban pasando de listos, que ya era hora, hijo, de que alguien les marcara el alto, ¿no? Nooo, pus síííí, decían todos, alargando el hocico de perro, pero nadie se atrevía a mirarlos siquiera a los ojos, azules y profundos, incisivos e intolerables, y simplemente nos tragábamos la frustración y el coraje de ver a los gemelos felices como lombrices y a las mejores chavas de la secu llegando por racimos a rendirles pleitesía. Pa'cabarla de amolar.

Un día, sin embargo, el Negro Lucas se decidió a hacerle justicia a los pobres, pues ya ninguna de las chavas quería platicar con nosotros dizque porque alguien les había chismeado que los gemelos nos caían gordos, y en venganza nos hacían el feo, así que el mentado Negro tomó un balón de *basket* y, haciendo como que se le iba sin querer de las manos, lo arrojó contra el harem de los gemelos, pero éstos lo alcanzaron a licar y se hicieron a un lado, los dos al mismo tiempo, pues ya dije y lo repito: siempre reaccionaban juntos. Y el balón que rebota en una pared y en otra y, elevando su velocidad al cubo, que hace chuza con dos o tres de las viejas de cuerpo ahí presentes, una de las cuales cayó de espaldas como regla, fulminada en el acto, víctima más de la insana pasión en que se consumía que del bombazo recibido.

Ese día se hizo tal alboroto que pa' qué les cuento, sólo faltó que llegaran la cruz roja y los bomberos, porque la chava dizque se desmayó o le estaba dando el patatús, aunque nada zonza, pues en cuanto salió del mundo de los sueños instintivamente se refugió en los solícitos brazos de uno de los gemelos (el primero que atrapó), quien en un arranque de caballerosidad suprema la levantó en vilo y la llevó cargando hasta la enfermería para que fuera atendida de emergencia, en tanto que reponiéndose ya del atentado, Eloísa la Tortona requisaba de un manotazo el balón del Negro Lucas hasta que se aclararan los hechos, dijo, como si ahí se hubiese cometido un horrendo crimen, y el Negro Lucas pues nooo, que devuélveme mi balón, él qué culpa tiene, y ella, echando espuma por la boca, que nooo, que lo recogiera en la dirección, a donde lo iba a llevar consignado, y el Negro Lucas, prendido como mecha, ¡que me lo regreses méndiga Tortooooona!, y la Tortona que nooo, maldito Negro, y él que explota y la empuja contra la pared y ella que abre la boca y tamaños ojos de espanto, y hete aquí que, impulsado por los resortes de su necia e inexperta juventud, el gemelo que merodeaba por el lugar saltó raudo y veloz y, enfrentando al horroroso Negro, le dice que a una mujer no se le pega, y el Negro ya con la mirada enturbiada de coraje, piafando y con dos productivas fábricas de mugre y porquería en las comisuras de los labios, no le contesta sino que le grita: ¡pues entonces te pego a tiii, marica!, y ¡sopas!, que se le va encima como perro chato, pero con tanta rabia y a la vez mala puntería que solito se comió la finta que el gemelo *bis* le hizo y también solito y su alma negra fue a estrellarse contra la pared, tan dura y violentamente que nomás sonó ¡crunch!, su cabezota, y que comienza a sangrar a chorros del testuz el buey.

El tiro ya estaba hecho y también la ruedita, y las viejas le gritaban al gemelo *bis* que no se dejara, que le diera duro al Negro, y la banda, como en días de fiesta, animaba y empujaba a Lucas para que desquitara su coraje y de paso vengara el rencor acumulado de tanta gente y sobres, duro con él, es barco, es barco, pero pooobre Negro, mejor ni lo hubiera intentado, porque apenas se lanzó de nuevo contra el gemelo, éste lo esquivó otra vez con una especie de verónica andaluza, pero ahora sí, inmisericorde, le atizó tremendo izquierdazo que hasta a mí me dolió en el alma, y le partió la boca en sabe dios cuántos gajos al desastroso Negro, botándolo como hilacho viejo por allá, que más de uno se tapó los ojos para no ver lo que estaba viendo. Nooombre, y entonces sí que el Negro se enoja, digo, se le vio en los ojos fuera de sus órbitas y en la jeta distorsionada por el trancazo, la furia y el dolor, y ya iba de nuevo a arremeter contra el gemebestia *bis* cuando se le ocurre escupir y no escupe saliva sino que babea un líquido rojo oscuro, lleno de pasto, tierra y cochinada y media, y, entre toda esa porquería que le borboteaba del hocico, uno de sus dientes de mazorca flotaba solitaria y penosamente, como negándose a dejarlo con una ventanota, pues ha de haber pensado: feo el Negro y además chimuelo, ahora meeenos lo van a saludar las chavas.

No, si el relajito que armaron ese día los hermanitos Heredia, mejor conocidos en la escuela como los gemelos, no se nos va a olvidar nunca, pues no se conformaron con estar acabando con el cuadro entre las viejas y burlarse de nosotros, sino que a leguas se veía que eran racistas y que disfrutaban discriminando a los demás. El caso es que cuando todos esperábamos que el Negro reaccionara como hombrecito y acabara de una vez por todas con el gemelo II, aaay, condenado Negro, tomó su diente de mazorca con delicadeza inaudita y lo abrazó contra su pecho, luego se fue derrumbando sobre sí mismo en cámara lenta, triste, desamparado e impotente, y valiéndole absolutamente madres las miradas de oprobio y vergüenza que la banda le prodigaba incrédula, pa'cabarla de amolar. Infeliz Negro, se dobló como araña fumigada bajo el peso brutal de la derrota.

Pero lo que más coraje nos dio fue que las viejas empezaron a burlarse de él en su desgracia y que el gemeloco *bis* se hinchara como globo y nos barriera a los demás con una miradita medio ufana y displicente o de a ver quién le sigue ahora en los madrazos. Y ejem, ejem, antes de que reaccionáramos en tumulto al desafío, ni tardo ni perezoso el Oso Reséndiz ¡plafffff!, que lo descuenta y ya iba sobres a rematarlo cuando las viejas que regresaban de la dirección y las que estaban ahí en bola le cayeron como terremoto encima y, ¡nooombre para qué les cuento!, unas le pegaban con el puño cerrado, otras lo jalaban de los pelos y las menos encabritadas le gritaban a corito: ¡cobaaarde, cobarde, eres un maldito cobaaarde!, y dale, dale, dale no pierdas el tino, por más que trató de defenderse el susodicho Oso, llegó un momento en el que ya ni el corazón ni las garras le alcanzaron y el menso se fue desmoronando entre las *hooligans* totonacas de los abusivos gemelos, que le rompieron el uniforme, lo cachetearon y lo humillaron a más no poder, hasta dejarlo como santocristo y, pa' que no hubiese diferencias, también como trapo viejo lo arrojaron junto al Negro lloricón, que seguía lamentándosela por su difunto diente, o por el osote del Oso, o porque ya ninguna de las viejas le hablaría jamás, tan feo que lo había dejado la violencia desatada del gemelo *bis*.

Total, y para no hacerla más larga, que después del niño ahogado se apareció la guardia civil de la escuela, discordante y torpemente representada por el Frijol, el prefecto de la mañana, y vaaámonos, que jala con todos los quejosos a la dirección, pues las viejas se quejaban de que habían sufrido una baja entre sus huestes; el Negro, de que Jorge Heredia (así se expresó del gemelo *bis* el maldito) lo había agredido cuando él sólo estaba jugando *basket* como angelito; y el Oso Reséndiz reclamaba que, por defender a Lucas de la furia irracional de aquel sujeto, las muchachas (también así les dijo el cobarde a las viejas) lo habían golpeado y le rompieron la camisa y el suéter, y que hasta un zapato perdió. Al Frijol le brillaban los ojos de hiena y se le escurría la baba por la trompa nada más de imaginar las expulsiones que decretaría la subdirectora, pero exclamaba, para disimular su gozo y serenar los ánimos: ya veremos, ya veremos, y guiñando un ojo les hacía la señal de que se abrieran paso entre la turba de curiosos que ya se habían amotinado a su alrededor.

En la dirección, las mujeres cacarearon mil acusaciones y reclamaron las cabezas del Negro y del Oso que merecían ser linchados, aullaron; y estos pobres y reverendos inútiles, en lugar de callarlas o replicarles en el mismo tono, nada más atinaron a defenderse repitiendo débilmente: Pero Liiilia (la Sotaca), pero Eloiiísa (la Tortona), ustedes saben, muchachas, que están mintiendo. Nooo, pues sí: bañados en sudor, mugrosos, apestosos y con la cara de maleantes que ostentaban, quién les iba a creer. No obstante, la subdi le graznó al gemebundo *bis* que le contara detalladamente los hechos y éste, bien peinadito, bien fajado, con el uniforme reluciente y sin rastros de la pelea, cuando ya la tenía ganada, cuando ya sólo era cuestión de rematar al enemigo ante el peso de las evidencias, simplemente la regó y bien gacho, pues mirando con aire de desprecio a la sub y barriéndola de arriba abajo, como revisando su presentación, le contestó de mala gana que nada sabía, que mejor le preguntara a otro, que él sólo se había defendido cuando lo atacaron y que no tenía más que agregar. Y cerrando el hocicote se cruzó de brazos y nos privó por un instante de su meliflua voz. A la subdirectora le crujieron las sienes de rabia, e inflando y desinflando su voluminoso pecho, le bramó que no entendiííaaa suuus insolenciasss y ¡o mejor me dices quién tuvo la culpa, chamaco del demooonio, o de verdad lo vas a lamentar, que aquí no estás en tu casa! Y el Negro y el Oso, viendo que el gemelo *bis* estaba contra las cuerdas, aguantando vara, se aprovecharon para lloriquear que *ai* estaba la muestra, que el gemelo Heredia y sus amigas también los habían provocado a ellos y que... Pero ellas ¡nooo!, gritaron como energúmenas: ¡no, no, no, no esss cieeerto, no es cierto! ¡Silencio!, ¡a callar, que aquí no es cárcel!, gritó autoritariamente el Frijol, luciéndose con la subdirectora: le están preguntando a Heredia y que Heredia conteste.

La subdi miró al Frijol sorprendida de su energía y luego observó al gemelo *bis*, moviendo la cabeza aprobatoriamente. El gemelo I ya también se daba cita ahí, cerca de su hermano como de costumbre, pero ni pío decía, nomás miraba. Y Laura, ay Laura, Laura de su eterno brazo, unida en las buenas y en las malas con sus adorados gemelos. La Tortona resoplaba como elefante intoxicado y sus ojos endiablados disparaban rayos y centellas contra el Oso y el Negro. Lo estamos esperando, señor Heredia, gruñó de pronto la sub, ¿quieeeén tuvo la culpa de esto? El gemelo bis se miró la punta de los zapatos como pensando que ya necesitaban bola, suspiró, y volviendo a levantar los ojos, le sostuvo la mirada a la subdi y sólo dijo: ya dije. ¿Ya diiije?, ¿yaaa dije?, se desgañitó la Peniche (la sub se apellidaba así) escupiéndonos a todos, ¡pues se va usted dieeezzz díasss a su casa, a ver si así aprende a contestarle a las autoridadeees!

La ruca era bajita de estatura, morena y tenía la cara picada de viruela. Odiosa la vieja, pero el Negro y el Oso habían caído sobre blandito, ya que a la subdi tampoco le pasaban los gemelos, qué sé yo por qué; no que nos lo dijera, pero la risita babosa del Frijol y el rictus de pesar que se dibujó en los rostros de las fansgemelocas así nos lo hicieron comprender a todos los mirones que nos habíamos colado a la dirección como testigos oculares.

En conclusión:

a) Al Negro y al Oso los suspendieron tres días por revoltosos y les hicieron firmar una carta compromiso de la que dependía su estancia saludable en la escuela.

b) Al gemelo II lo echaron 10 días por agresivo con sus compañeros e insolente con las autoridades.

c) A las mujeres las regañaron enérgicamente por no darse a respetar y andar provocando conflictos entre sus compañeros (dedíquense a estudiar en vez de andar de locas, sentenció el prefecto con la aprobación de la subdirectora y las risitas sardónicas de algunos).

d) A la chava dizque noqueada ni siquiera la pelaron, pues se recuperó instantáneamente en los brazos del gemelo I y se abstuvo de hacer declaraciones para no romper el encanto de aquel día.

e) El balón de *basket*, instrumento del delito, fue decomisado en definitiva y pasó a formar parte de la clase de deportes.

f) Al Oso Reséndiz nadie le pagó la camisa ni el suéter que le rompieron y, es más, ni el labio le curaron.

g) El Negro Lucas, tras un periodo de burlas, pronto se acostumbró a su nuevo apodo: el Chimuelnegro.

h) Eloísa la Tortona se autoerigió en una especie de salvaguarda de los débiles en el recreo, y ¡cuidadito con pisar en sus terrenos!

i) El prefecto y la subdi siguieron actuando como uña y mugre en la difícil pero grandiosa tarea, decían, de hacer de sus alumnos hombres de provecho, y

j) A los mirones simplemente nos dijeron: ¿y ustedes qué?, ¡qué vela tienen en este entierro! ¡a su salón, si no quieren que también les demos vacaciones!

Dictadas las sentencias y, vaaaya, atemperados los ánimos, el Osoasno evitó ver al Negro y el Negro al Osoasno, y cada uno se retiró de la dirección con la cola entre las patas; por su parte, el gemelo I solidariamente abrazó a su hermano, le dio de palmaditas en los cachetes, ambos se sonrieron y, sin rebatir el veredicto en su contra, porque sabían que el prefecto y la subdi jamás entenderían de razones, abandonaron serena y resignadamente aquel sagrado recinto acompañados de su séquito: la Güera Enríquez, Lilia y Eloísa al frente, y, oh, desgracia: con Laura como siempre del brazo de los dos.

Los demás reculamos en bola y salimos disparados con el chisme para el resto. Alguien había hecho justicia por fin.

Durante diez días pudimos descansar tranquilamente de los gemelos, ya que ninguno de los dos se presentó a clases; y las viejas, aunque medio resentidas e infulosas, pues como que se empezaron a fijar un poco más en nosotros, a tomarnos algo en cuenta... Excepto Laura, claro, pa'cabarla de amolar.

Química elemental

EUGENIO AGUIRRE

A don José Luis Ramírez

—Es muy fácil, tan sencillo que hasta un niño puede improvisarlo —dijo el profesor Arcadio Cuevas, al mismo tiempo que levantaba el tubo de ensayo, lo agitaba y lo colocaba, con unas tenazas, sobre el fuego que brotaba de un mechero de Bunsen.

La sustancia amarillenta comenzó a adquirir una tonalidad morada y un vaporcillo apestoso empezó a surgir lentamente del tubo de cristal. Los que mirábamos el experimento nos retiramos un poco, tratando de poner a salvo nuestro olfato y nuestros ojos.

—No sean miedosos, muchachos —gruñó el profesor—. Qué clase de profesionistas van a ser en el futuro, si a las primeras de cambio ya tienen miedo. Aquí no pasa nada peligroso, es uno de los experimentos más sencillos, más elementales de la química inorgánica. Vamos, acérquense un poquito para que vean la formación de los cristales de sodio.

Con cautela, arrimamos nuestros bancos unos cuantos milímetros. La sustancia burbujeaba y su hervor provocaba un silbido sospechoso. El color había virado a un verde turquesa escandaloso. El rostro del profesor irradiaba una gran serenidad.

—Ahora viene el paso al matraz, donde el cloruro de potasio nos servirá como catalizador y la reacción que esperamos nos sorprenderá con una integración molecular esplendorosa.

Rápido, hicimos las anotaciones pertinentes en los cuadernos cuadriculados que nos obligaba a utilizar el reglamento escolar: cuadriculados en tinta azul pálido, marca Scribe, doce pesos cada uno; se pueden, se deben adquirir forzosamente en la administración de la escuela. Se sancionará con suspensión temporal al alumno que no lo presente a los cursos en donde es obligatorio. La reincidencia será castigada con expulsión.

Con mucho cuidado, el profesor Cuevas vertió parte del líquido en una pipeta de precisión, colocó ésta sobre la boquilla del matraz de vidrio esmerilado y dejó caer el líquido turquesa gota a gota.

—¡Abusados, muchachos, que ahora viene lo más interesante, lo sublime de nuestra profesión de ingenieros químicos: la transformación de un cuerpo en otro cuerpo totalmente diferente, con estructura atómica y cualidades absolutamente distintas, algo así como la gestación de una mula en el reino animal, que ni es burro ni es yegua, sino mula retobona, muy buena para el trabajo! ¡Abusados, eh!

Dentro del matraz adivinamos, más que vimos, cómo el líquido turquesa se esparcía en el fondo sobre la placa de cloruro de potasio, y formaba unos extraños rombos anaranjados que brincaban como sapitos en un estanque de lodo. Después, los sapitos vomitaron una excrecencia colorada y se desinflaron para formar una pasta negruzca.

—¡El peróxido de potasio, hijitos! —gritó entusiasmado Cuevas—. ¡Lo logramos! Ahora viene el segundo paso. Fíjense —rugió, mostrándonos el tubo de ensayo—, con estos cristales de sodio y el peróxido de potasio vamos a crear un cambio de estado físico que obligará a un cuerpo sólido a convertirse en uno gaseoso. Este cuerpo transformado, más ligero que el aire, volará y será captado por una retorta del número ocho para que, en su interior, logremos la síntesis química que nos dé el nitrato de sodio y después el aluminio. Ahí va.

Excuso decir que nuestros bolígrafos Pélican, también exigidos en las mismas condiciones por el reglamento escolar, surcaron raudos los precisos renglones de nuestros respectivos cuadernos y escribieron, paso a paso, las indicaciones del maestro Arcadio Cuevas. Todo quedó perfectamente registrado: las fórmulas y sus componentes, las proporciones y su uso, los colores y las ebulliciones.

Efectivamente, tal y como lo había pronosticado el profesor de química, la mezcla de los componentes en un matraz transparente provocó un humo denso que, saliendo por su boca, invadió el laboratorio, nos irritó los párpados y nos obligó a toser groseramente.

El profesor quedó completamente oculto a nuestra mirada, materialmente cubierto por la nube azufrosa que se zangoloteaba a diestra y siniestra, y que impregnaba nuestra cara, la ropa y las hojas de los flamantes cuadernos con una capa grasosa y pegajosa. Sin embargo, su voz continuaba explicándonos la secuencia milagrosa que la química estaba produciendo con los elementos combinados. Su voz mostraba un entusiasmo singular; parecía que el profesor Cuevas estuviera descubriendo la fusión del átomo, dando sus gritos e imprecaciones.

A esas alturas, todos los alumnos nos habíamos aglomerado junto a la ventana del laboratorio y pugnábamos por respirar un poco de oxígeno para no morir asfixiados. Mas él continuaba gritando fórmulas, dígitos y porcentajes.

—¡La retorta está saturada —gritó Cuevas—, que alguien me alcance un tapón de corcho! ¡Vamos, rápido, rápido, antes de que se escape la sustancia o le entre demasiado oxígeno y la descomponga!

Nadie se atrevió a ayudarlo. Es más, creo que nadie le prestó atención pues nos sentíamos desfallecer en aquel horno crematorio y no teníamos fuerzas ni espíritu de colaboración alguno.

Sus gritos continuaron, pero poco a poco se fueron haciendo menos fuertes y más espaciados. Algo extraño le estaba sucediendo. Su voz se escuchaba lejana, opaca, hasta que se extinguió del todo.

Cuando, una hora después, logramos disipar el humo asqueroso y pudimos acercarnos al lugar de trabajo del profesor Cuevas, nos encontramos con la sorpresa de que había desaparecido y de que en el interior de la retorta había un cristal que se le parecía demasiado, pero no tenía nada qué ver con el anhelado aluminio.

Bajo la piel cansada

BEATRIZ ESCALANTE

Cuando las pestañas cargadas de rímel negro dejaron de apuntar hacia el café express, el hasta entonces también negro panorama se volvió luminoso: por la puerta de la cafetería escolar entró un cuerpo adolescente del que no se perdía ningún detalle: la camiseta roja y el ajustado pantalón vaquero parecían puestos más para delinearlo que para cubrirlo. Indiferente a todo, pues no se sabía observado, el cuerpo avanzó hacia el mostrador y, mientras con su voz masculina pedía distraídamente un refresco, Laura, la dueña de las pestañas pintadas, disfrutaba recorriéndolo de arriba abajo con los ojos, aunque hubiera preferido hacerlo con las manos.

Él se sentó a una mesa que, para alegría de Laura, lo situó bastante cerca de ella, justo enfrente, por lo que ni siquiera tuvo que girarse para mantenerlo dentro de foco. Entonces se dedicó a mirarle hasta el último lugar sin ropa: el cuello, los antebrazos fuertes, bien formados, y las manos largas que se entretenían en hojear un libro de matemáticas; le atraía sobre todo esa zona donde es posible entrever la piel, el pecho oscurecido por el vello. El cuerpo se levantó a comprar alguna otra cosa en la cual Laura no reparó, pues se hallaba absorta adivinando el contorno exacto de los muslos enfundados en la mezclilla. Comenzó a desvestirlo, se imaginó quitándole la camiseta, acariciándole la nuca con la punta de la lengua; le bajó el pantalón y, cuando lo tuvo completamente desnudo, se inclinó sobre él para probarlo: lo besó, lo sintió crecer bajo la presión de su mano. Después lo acostó, lo sujetó de las muñecas y así, teniéndolo inmóvil, todo suyo, lo poseyó al ritmo de su deseo. Al final, cuando lo miró a los ojos para reconocer en ellos la sorpresa de él por el orgasmo de ella, se encontró con que el cuerpo continuaba en la cafetería y la miraba. Laura sintió cómo la sangre le subía de golpe a la cara, sintió a la vez vergüenza y pena de sí misma: de hallarse próxima a cumplir los cuarenta y de no haber tenido jamás un orgasmo por cópula. El ruido de la chicharra anunció el fin del descanso. Se sonrieron. Laura se dirigió al salón 205 a impartir su clase de historia pensando en que, a pesar de la edad de él y de su inexperiencia, o más bien precisamente por esos dos motivos, él podría ser un buen amante.

Aquella noche en su casa, Laura preparó la cena para sus tres hijos y para su marido, pues aunque los dos trabajaban, él seguía siendo incapaz de levantar su propio plato; en realidad, era incapaz de muchas cosas, como de darle tiempo a Laura cuando estaban en la cama y, sin embargo, allí estaban otra vez, sólo que ella no mostraba el fastidio controlado que regularmente aparecía en su cara en esas circunstancias;

en lugar de esa mezcla de impaciencia y resignación, sentía interés: lanzó la mirada sobre el hombre que se desvestía de manera monótona: le molestó ver desnudo ese cuerpo decadente que a cada tanto la engañaba; había sido tan vívido su fantaseo en la cafetería escolar que no pudo evitar la comparación. A pesar de todo, Laura accedió a la solicitud de su marido: no optó por la evasión como en los últimos meses, no se negó ni se durmió a la mitad, ni tampoco se puso a repasar con la mente cuanto debía hacer al otro día mientras dejaba a su cuerpo cumpliendo con uno de sus más desagradables deberes conyugales. Aceptó porque también tenía deseo, no de él, claro, pero tenía deseo; aceptó porque no quería abdicar como de costumbre, quería estar con un hombre y lo intentó con su marido, buscó acercarse, lograrlo, pero fue inútil: quince años de relaciones sexuales disparejas se concentraban en esa cama, quince años de incomprensión, resentimientos y descuidos imposibilitaban el encuentro. Laura no consiguió alterar la rutina de abdominales que el marido hacía sobre ella para llegar al clímax. Para ella, esa noche fue un fracaso; para él, una noche como cualquier otra.

Esa madrugada en la oscuridad, los ojos de Laura —limpios de rímel— trataban de mirar el cuerpo de aquel adolescente: ya no quería soñar ni esperar.

El caso Molinet

PACO IGNACIO TAIBO II

Amediados de marzo recibí la llamada telefónica de un adolescente de Salamanca, Guanajuato, que quería felicitarme por una novela y me contaba que le había escrito un poema a Belascoarán. Quedamos en que me lo pondría en el correo.

Durante los siguientes días esperé la carta. Me había jurado que esta vez, a diferencia de otras, contestaría, y que le robaría un rato a la organización del caos de papeles que me rodea para escribirle. Había algo en la voz que me recordaba mi propio aislamiento adolescente. Carajo, bastante triunfo era ser poeta en Salamanca y a los 17 años.

Pero la carta no llegó.

En cambio, una semana más tarde pesqué accidentalmente en el periódico la noticia de un adolescente acusado de brujería y del narcoasesinato de su sirvienta en Guanajuato. Era el mismo personaje. Quedé azorado.

Poco a poco la información ha ido llegando hasta mis manos. Nuevos recortes de periódicos, un fax con sus poemas, la visita de su tía, una vieja amiga mía, el expediente judicial, conversaciones telefónicas con su madre... Y así pude desenvolver una historia que peca de alucinante, que vuelve absurdas las novelas policiacas que uno escribe. La historia de otra injusticia judicial más en este país en el que abundan. La historia de un juicio basado en una investigación fraudulenta y desastrosa que quiere convertir a un jovencito, inusualmente culto, en ejemplo de la eficiencia de la policía guanajuatense.

Este artículo es la respuesta a la carta que no llegó, y que espero que algún día Pablo Molinet, libre, me envíe.

Los hechos

El martes 24 de marzo, Pablo Molinet Aguilar, de 17 años, tras haber desayunado con su madre, Cecilia Aguilar, un almuerzo que les sirvió en la casa de la colonia Bellavista la sirvienta Guadalupe Díaz, salió de su casa y llegó a las 7:05 de la mañana a la preparatoria del Colegio Americano de Salamanca, Guanajuato.

En la entrada discutió con el director de su escuela porque no venía correctamente uniformado y éste no lo dejó entrar. Supongo que no podría caberle en la cabeza la idea de que para estudiar preparatoria había que estar uniformado, pero estaba pagando sus propios pecados, tras un año, de descentre, indisciplinas...

Hacia las 8 y cinco minutos abandonó la escuela y fue a la preparatoria de Salamanca donde había estudiado anteriormente. De las 8 a las 10 y algunos minutos, se la pasó rolando con un grupo de amigos. Pero Pablo no podía darse el lujo de faltar a todas las clases en la escuela, porque ese día tenía examen de español, y decidió lanzarse a buscar una camisa blanca. Llegó a su casa, que se encuentra como a 8 cuadras de la prepa, hacia las 10:25.

Entre 20 y 25 minutos después estaba de regreso en la escuela con el uniforme, entraba a clases y presentaba el examen de español. Hacia la una, después de haberse quitado el odiado uniforme y ponerse unos pantalones vaqueros y una playera azul que traía en una bolsa, salió del colegio y tomó un taxi...

De regreso a su casa, en la calle La Venta 524, encontraba en el suelo de la cocina el cadáver de la sirvienta, Guadalupe Díaz Zavala, en medio de un enorme charco de sangre, boca abajo, con dos cuchillos clavados en la espalda. "Me acerqué para ver si respiraba." Aterrado, corrió hacia el teléfono y avisó a su madre, la que llegó poco después en compañía de una amiga. Los tres decidieron avisar de inmediato a la policía.

A escasos diez minutos de haber hecho la llamada telefónica se hizo presente la policía judicial estatal, policías federales, preventivos, la agente del ministerio público e incluso reporteros locales de la nota roja. Cuando algún curioso les preguntó cómo es que habían acudido tan rápido, uno de los policías dijo que se les había avisado previamente de "un crimen satánico".

En el caos que se produjo en la casa, Cecilia Aguilar, la madre de Pablo, una doctora bien conocida en la localidad, notó que uno de los policías tomaba una de las camisas sucias de Pablo y se la llevaba.

El cuerpo

El cadáver de Guadalupe Díaz mostraba una docena de puñaladas, e incluso dos de los cuchillos de cocina que habían sido utilizados para dárselas, estaban aún clavados en la espalda. Asimismo existían marcas en el cuello que indicaban al menos tres intentos de estrangulamiento con un mecate cortado de un cortinero. No existían señales de resistencia, y la mujer apuñalada no se había podido mover de la cocina donde había recibido las cuchilladas. No había habido persecución, ni intento de huida.

La dirección de las puñaladas parecía indicar que habían sido propinadas por alguien de un poco mayor tamaño que ella (la mujer medía menos de 1.50). Asimismo podría pensarse que el asesino había tenido la fuerza para inmovilizarla mientras la estrangulaba y luego acuchillarla. El agente del ministerio público que actuó en el caso retiró los dos cuchillos de cocina de las heridas sin haber tomado previamente las huellas digitales.

La investigación

La policía se introdujo en el cuarto del adolescente, arrambló con libros y papeles, fotografió las paredes, saqueó la casa por primera vez (el saqueo habría de repetirse otras dos veces más) y luego la agente del Ministerio Público, Carmen González Arellano, ordenó la detención de Pablo, su madre y la amiga de ésta.

Conducidos a las oficinas del MP, los agentes sacaron varias veces a Cecilia de allí y la obligaron a que los acompañara al domicilio; aprovechando una de estas ocasiones, Pablo fue conducido por los policías fuera de las oficinas y su salida fue contemplada por la amiga de su madre.

Los agentes llevaron a Pablo por el rumbo de la carretera a Morelia.

Cual era de esperarse, el interrogatorio del adolescente de 17 años Pablo Molinet fue realizado bajo tortura.

Estuvieron a punto de dislocarme los brazos; cuando me detuvieron, los agentes me esposaron por atrás y luego me llevaron a la cárcel. Después fui conducido a un campo en la carretera de Valle de Santiago y ahí se dieron gusto torturándome. Me tiraron al suelo boca abajo y me jalaban los brazos, para ver hasta dónde aguantaba... tenía la cara contra la tierra y me daban golpes en la espalda... me gritaban a cada rato, *hijo de perra, confiesa, porque si no lo haces, al fin aquí mismo hay un hoyo pa'enterrarte...* Me pegaron tanto que entonces les dije todo lo que ellos querían que yo dijera.

La acusación

Con una confesión obtenida bajo tortura como prueba básica, de la que Molinet se desdijo tan pronto estuvo en la relativa seguridad de una celda, la procuraduría emitió una acusación que en resumen diría que el joven Molinet, "narcosatánico", habría asesinado a Guadalupe Díaz de una decena de cuchilladas, tras haberla intentado ahorcar tres veces, a causa de una discusión sobre las joyas de su madre, y bajo la influencia de la droga.

El debate sobre las "pruebas"

El motivo del crimen, según esto, sería la discusión que Pablo había tenido con la sirvienta al verla esculcando el joyero de su madre. Un motivo absurdo para un asesinato, más si se puede comprobar que en el joyero de su madre no existía ninguna joya de valor, y está repleto más bien por artesanías y chucherías ("bromeábamos diciendo que a Cecilia iban a comprarle América con cuentas de colores"), y si es sabido que a Pablo le importaban un bledo las "joyas" familiares.

Queda, pues, como base para el crimen, el supuesto satanismo del adolescente, cuyas pruebas serían:

Los libros que leía y las frases escritas en la pared, el colchón con una silueta humana pintada y la prueba toxicológica, a más de la evaluación sicológica realizada por el perito de la policía, nada confiable, por cierto, puesto que se trata de un hombre que se dedica a evaluar los exámenes de admisión de los judiciales en Guanajuato.

Los libros que habrían conducido a Pablo al satanismo, según la iletrada procuraduría de Justicia de Guanajuato eran:

Un libro de memorias de Rulfo en cuya portada se encuentra una de las calaveras de Posadas, *Por qué no soy cristiano* de Bertrand Russel, *El perfume* de Patrick Suskind, una novela mía titulada *Sueños de frontera*, un libro de Gabriel García Márquez, una novela de terror: *La noche de los muertos vivientes*, *Escenas de amor y liviandad* de Carlos Monsiváis, *La condición humana* de André Malraux, un libro de José Agustín... Increíble, pero cierto ("Que diga el acusado si el libro de Juan Rulfo llamado *Autobiografía* puede influir en la mente de los jóvenes para invocar a Satán... Diga usted si son demoniacos o no, los otros libros que le fueron encontrados al acusado").

Las frases pintadas en la pared condujeron al delirio a la agente del MP. ¿De qué otra manera si no como prueba fehaciente de satanismo podría interpretarse una frase de Stephen King que dice en latín: *"nemo fin punem lucesit"* (ninguna ofensa quedará impune)?, o la frase de una canción de Pink Floyd que decía: "Tú estás bajo la advocación de los demonios, tienes su poder, su magia", que Pablo le había dedicado a su ex novia.

(Me quedo pensando qué podría hacer el MP de Guanajuato con las frases colgadas en mi despacho: "*¿Conoce usted a alguien que haya votado por el PRI? Yo tampoco*", "*En horas de trabajo, las visitas al carajo*", "*Sólo tu sombra fatal, sombra del mal, me sigue por dondequiera con obstinación*". Cuco Sánchez.)

Queda entonces el colchón que Pablo "usaba en sus ritos satánicos". Su madre explica la historia sin tanta macabrería:

"Le cambié días antes el colchón a Pablo porque estaba viejo. Él dibujó una figura humana en el viejo colchón y lo usaba como *punching bag*".

Por último permanece la acusación de que todo esto se habría realizado bajo la influencia de las drogas, para lo cual existe un examen de sangre realizado por la policía, en condiciones más que dudosas, según el cual Pablo habría consumido mariguana.

Si bien el examen toxicológico supuestamente muestra la presencia de restos de canabis en la sangre del adolescente, no puede decirnos si ésta fue consumida ese día o en cualquiera de los treinta días anteriores al crimen. Parece absurdo vincular esto al asesinato.

Si las motivaciones que la policía atribuye para el crimen resultan absurdas, mucho más absurdo resulta la posibilidad de que Pablo Molinet haya tenido la posibilidad material de realizarlo.

Supuestamente, el asesinato se realizó entre 10 y 12 de la mañana. Si seguimos la lógica del asunto, Pablo retornó a su casa hacia las 10:25 según se desprende de su testimonio y el de los amigos que lo acompañaron durante la mañana. Y retornó a la escuela a las 10:45-10:50 con la camisa blanca puesta. En esos veinte minutos supuestamente, si nos convence la acusación policiaca, Pablo debió haber hecho lo siguiente:

a) Pablo llega a su casa.

b) Se fuma un carrujo de mariguana.

c) Descubre que la sirvienta está robando el joyero de su mamá, se pelea con ella.

d) Corta un fragmento de la cuerda del cortinero quemándola por ambos lados.

e) Trata de estrangular a la sirvienta tres veces.

f) La apuñala seis veces. Una vez que el cuerpo está en el suelo, le clava dos cuchillos de cocina en la espalda.

g) Como es inevitable que haya quedado cubierto de sangre de pies a cabeza, según se desprende del tipo de heridas que muestra el cuerpo de la difunta, se deshace de su ropa, tira por ahí la camisa pero esconde el pantalón tan bien, que no ha podido ser encontrado.

h) Se cambia de ropa, poniéndose la camisa limpia que necesita para que le permitan la entrada al colegio, la que tiene que planchar.

i) Hace dos llamadas telefónicas, la primera a un número equivocado al que le pide el número exacto del director de la escuela; la segunda al propio director, con el que se disculpa y le dice que va regresar para hacer su examen.

j) Regresa al colegio que se encuentra a poco más de 12 cuadras.

El director lo ve entrar entre las 10:45 y las 10:50. Con toda tranquilidad, Pablo entra a su clase a las 11 y hace su examen de español. Sus compañeros pueden testificar que no tiene uno de sus tenis manchado de sangre.

No sólo resulta imposible, también absurdo.

¿Quién puede creerse esta historia?

En el lapso de tiempo entre que dejó a sus amigos y el momento en que retornó a la escuela, Pablo tan sólo ha tenido tiempo de pedirle a la sirvienta que le planche una camisa blanca; mientras ella lo hace, realizar las dos llamadas telefónicas, ponérsela y salir corriendo para llegar a la prueba de español.

Y si la versión policiaca no resultara de por sí incongruente, ¿qué adolescente tendría la sangre fría de cometer un asesinato como éste y luego retornar a la escuela para hacer un examen?

Por si esto fuera poco, hay más contradicciones que la explicación policiaca no resuelve: El legista que hizo el análisis del cadáver comentó, al conocer a Pablo, que él habría esperado que midiera menos y fuera más fuerte, porque para acuchillar a la mujer de la manera que había sido asesinada, el asesino debería haberla tenido casi tumbada, lo que significaría que su asesino debería ser muy fuerte, medir menos y estar en una posición muy extraña.

Pablo mide 1.83, o sea, casi 40 centímetros más que Guadalupe Díaz, y pesa lo mismo que la mujer asesinada.

Queda, pues, como único elemento incriminatorio, la camisa ensangrentada, que por cierto no se trataba de la camisa que Pablo llevó ese día a la escuela (ni siquiera fraguando pruebas son precisos los agentes de la ley de Guanajuato) y las manchas de sangre en el tenis, que Pablo explica se hizo cuando descubrió el cadáver y al acercarse al cuerpo, y que sin duda fue así, puesto que no llevaba el tenis ensangrentado cuando entró a la escuela.

La campaña de linchamiento

Estimulada por la prensa local (*"Sólo la torturé, dice el presunto satánico homicida"*, *"las autoridades ayudarán económicamente a los deudos de la sirvienta"*, *"Consternación y solidaridad de salmantinos en el sepelio de la sirvienta"*), la ciudadanía local, como en una moderna versión de *Canoa*, salió a la calle en manifestaciones pidiendo el linchamiento del adolescente. Ésta parece ser la moderna versión de viejas historias cristeras estimuladas por la vocación de cazadores de brujas del neopanismo guanajuatense.

Simultáneamente, Pablo rendía sus declaraciones y, tras desdecirse de la "confesión" que le habían sacado bajo tortura, explicaba pacientemente a la agente del MP que debería saber latín, porque ella llevaba derecho romano en su carrera, y que no había nada de satánico en Rulfo o en mis novelas o en las de García Márquez y Stephen King.

Y se realizaban presiones, a través de misteriosas llamadas telefónicas, para que el director de la escuela cambiara su declaración. Y se decretaba el acto de formal prisión.

La otra ruta de la investigación que ni siquiera fue explorada por la policía

Las preguntas que nadie parece haberse hecho en la investigación de este crimen resultan bastante burdas:

¿Quién avisó a la policía antes de que la familia descubriera el cadáver? ¿Quién *sabía* que la mujer estaba muerta antes de que la encontrara la familia Molinet-Aguilar?

¿No resulta obvio a la vista de la situación del cuerpo, las heridas, los intentos de estrangulamiento y la falta de resistencia, que se trata de dos asesinos y no de uno; que mientras uno apuñalaba a Guadalupe Díaz, otro la sujetaba?

Dado que puede descartarse el móvil del robo y que la reconstrucción del asesinato parece indicar que el/los asesinos conocían a la muerta (no hay fractura de puertas, nada fue robado hasta que se hizo presente la policía local), ¿no habría que investigar las situaciones de tensión que rodeaban a la sirvienta muerta en su vida privada?

¿Qué hay de la historia de los terrenos que la mujer había heredado recientemente al enviudar? ¿Qué hay de las acusaciones que le habían hecho de que había asesinado a su marido con brujería? ¿Qué de su novio que trabaja en el rastro y que realizó una extraña llamada telefónica esa mañana, identificándose como pariente de la muerta y preguntando por ella cuando la policía estaba en la casa?

Pero parece ser que estas historias no interesan al Ministerio Público de Guanajuato, que en plena lógica mocho-panística tiene a un hijo ilustrado de la clase media al que puede acusar de "narcosatánico".

Ahora

Mientras usted lee esta nota, Pablo Molinet, un adolescente de 17 años está encarcelado.* Ha pasado los últimos días de esta semana reorganizando la biblioteca del penal, y escribiendo cosas como estos versos:

---

*Pablo Molinet fue liberado y actualmente prepara un libro autobiográfico en colaboración con Paco Ignacio Taibo II.

Me robaron los pasos
y (a cambio)
me prestan un trozo de cielo
vivo sombra
espejo del reflejo
(...)
Ya no hay más puertas
que abran las nubes.

Si pudiera expresarte cómo es de inmenso

RAFAEL RAMÍREZ HEREDIA

Para la ninia Beca y su ucronicoamador Osquítar

Entonces llegó hasta la esquina del Correo y observó la extensión de la plaza, con sus palmeras, los almendros de hojas grandes, las bancas donde descansaban vendedores de chicles y golosinas; sin moverse recorrió con la vista el edificio de la Luz y el bar La Sevillana, en donde en sus bajos se refugiaban los huapangueros; vio en el desnivel de la calle al río Pánuco disimulado por las construcciones, en esa extraña escenografía donde quillas y chimeneas de los barcos se presentan entre calles y casas, y entonces Pablo se secó el sudor mientras avanzaba hacia la acera oriente.

Estos portales de metal sirven más de adorno que para dar cobijo a peregrinos que llegan y se pasan días rezando o recuperando fuerzas para el regreso.

Más o menos así dijo Pablo Arreola al hombre sudado que iniciaba la tarea de lustrarle los zapatos, y mientras Pablo dejaba escapar la voz, el lustrador mantenía fija la mirada en el calzado, a esa hora en que la tarde se iba haciendo de tordos chillones que llegaban a arracimarse en los árboles del jardincillo.

En una de las esquinas de la Plaza Vieja, de la que unos llaman Las Hijas de Tampico, está el bar Palacio y tiene, claro, unos portales, esos de metal que sirven de soporte a un techo que a su vez es adorno de una parte de un hotel que ahí funcionaba.

El lustrador, chimuelo, con uno de los pocos dientes rematado en oro, no estaba enterado de quién era Pablo y menos de las razones por las cuales el hombre estaba ahí después de varios años de ausencia; no sabía ni siquiera de los apelativos de ese hombre de mediana estatura, de bigote abultado y de botines citadinos, unos botines suaves al tacto de Filemón Esparza, pa servir a usted, paisano, le dijo cuando Pablo le señaló que él era del puerto, de la mera calle Sauce, de allá rumbo a donde hace muchos años estaba un arco también metálico, conocido como el Petrolero.

Filemón Esparza se dio cuenta de que el tipo, de manos duras aunque pequeñas, fumaba entrecerrando los ojos y a veces se echaba unos suspiritos que Filemón catalogó de culebrillas porque el cliente ese no estaba para lamentarse de pendejadas tales como que el bar Palacio no fuera igual a como lo conoció, y menos —se dijo al pegar un cepillazo brioso— que sin más el míster ese se pusiera a recordar que una vez un tal Monteverde se metiera a un cuarto de ese hotel acompañado de una vieja joven con unas tetas de este tamaño.

Nomás por no dejar, Filemón preguntó sobre lo que el tal Pablo —que para entonces éste ya había dicho su nombre— estaba haciendo mientras su cuate, ¿cómo dijo que se llama?, ah, sí, Monteverde, se metía al cuarto del hotel de arriba del bar Palacio.

Y como si eso fuera ya tabla pasada, el de los botines le repitió que en ese mismo bar, ahora convertido en un mugre remedo con aires gringos, había bebido nada menos que Humphrey Bogart. ¿Sabría quién fue ese gallo?, mientras el lustrador preguntaba a su vez si deseaba que le lavara el calzado.

Filemón algo había oído de una película filmada en ese mismo bar, quizá se lo había comentado el Manoplas, que trabajaba de Terrestre, o Ricardo Contreras, que chambeaba en los Alijadores, o alguien de la plaza, alguno de los boleros, o el Salacatán —paisano, porque algo tenía de Catán y algo de Salamandra—, que por mucho tiempo fue el contacto de las putas de casa Lola con los choferes de taxi que estacionaban sus autos en la otra calle de la plaza.

También era lo de menos, porque si al tal Pablo le gustaba acordarse de la película pos a él ni madres, ya parece que se iba a poner a vivir de recuerdos ajenos si los propios los andaba cargando en la mitad del maldito sudor que a esa hora del día cala como si fuera del mismísimo infierno, y eso que son las seis, míster, porque a eso de las tres de la tarde ni los demonios.

Así que, usando el jabón, restregó con ganas las partes cosidas de los botines y dijo: ajúa, cuando el dueño del calzado explicaba que el tal Monteverde hacía que la vieja, desde el tercer piso, aparte de enseñarles los calzones a los de abajo, se abriera la blusa para que se recrearan con los pechos, porque además estaban otros con él, otros como Lelann —gringo, por eso el nombrecito—, Carlos Cuevas, Juan Sánchez, uno que le decían el Prócter, porque vendía productos de limpieza, y él, yo, le dijo, así como me ve, pero de eso hace tantos años que los recuerdos llegan en rafagazos, como ver, ahí, en ese pasillo que da al cuarto que tiene el aparato del clima artificial, que ahí mismo se apareciera orita la figura de ese tal Monteverde saludando orondo a la raza, que le echaba porras desde ahí, enfrentito, y la vieja echaba el tipo pa lante diciendo eje-eje como si citara a un toro mientras enseñaba hasta la tenencia.

Entonces el limpiabotas escuchó renegar al hombre de los botines diciendo de años sin tenencia, antes de que Filemón sacara la voz de entre los olores a grasa y tinturas tratando de decir que en esos años no había pinches tenencias y el bar Palacio era de otra manera.

Como todo era de otra manera, Filemón Metralla.

¿Metralla?

Sí, señor, Metralla, que era el personaje de los Burrón, no se preocupe, que se le dice Metralla, por chingón, y de nuevo explicó que a las viejas las habían sacado de casa Lola, que la presumida por Monteverde era la última que se quedó, y por eso se la habían rifado entre todos, ganándola el único que no quería ganarla, porque el Prócter platicó que el tal Monteverde se puso a rezar para que no fuera él el afortunado, y por eso —se escuchó que alguien decía— Dios no les dio alas a los alacranes.

Pablo tarareó por segundos la entrada de "Delirio" y entonces la voz de él ramificó el requinto de Juanito Neri, de los Ases, al escuchar los eje-eje de la muchacha que con la falda blanca al aire cantaba mientras Monteverde se paseaba alzando el pecho y los de abajo hicieron una media rueda fingiendo que daban una de las serenatas que se llevaban a las chicas de los barrios cercanos al Chairel, allá por la colonia Altavista, por la Águila, por la Flores, frente a las casas de amplios jardines, y ellos y los tres Ases eran algo tangible en la tarde de los tordos que se juntaban y graznaban con más fuerza que los eje-eje, y con menor grado que las guitarras inexistentes, mientras Filemón ¿Metralla? dulcificaba lentamente el color café a los botines que se alzaron y recorrieron la circunferencia de la plaza Las Hijas de Tampico, seguidos por los zapatos de los otros que en medio de voces y saludos —que de eso estaban bien pertrechados— llegaron al acuerdo de que Monteverde no quería, y si no quería era necesario tomar por asalto el hotel, y como Bogart en la película, repartir el tesoro de una manera "equitativa".

Pablo y Filemón se echaban de carcajadas, el lustrador de zapatos había detenido su tarea con un botín a medias y el otro recién comenzado. Ninguno preguntaba sobre la serenata que estaban escuchando abajo del corredor situado exactamente arriba de los portales de sostenes de hierro, en la esquina de una cantina donde unos hombres, también seguidos por Pablo Arreola, habían cruzado copas dejando una silla vacía para que se sentara Boogie, que de pronto se hizo presente en la melodía que el marinero negro tocaba en el Grotrian Steinweng vertical, destartaladón, situado entre las dos puertas-abatibles del mismo lado de la calle donde el lustrador dijo que los tordos se cagan en todos sin respetar jerarquías, y por eso quizá Boogie salió del bar y se fue por debajo del portal sin escuchar la serenata cantada por una media docena de chicos en la mitad de la noche, mientras de allá arriba se desplomaba la voz de una mujer citando a un toro que de seguro andaba mimetizado entre los troncos de las palmeras, frente a los tordos que a esa hora estaban ya más que dormidos en las copas de los árboles de la plaza vieja.

El relato se cruzaba con el sonido de ese lustrar a unos botines estacionados en la pequeña altura del calzador metálico, mientras Filemón hablaba de los tiempos en que había sido marinero, de los tiempos en que se gastaba lo de la paga en beber tragos en la cantina Las Flores, porque entrar al bar Palacio era más costoso, como lo sabe bien Pablo, quien señala la tarde y los edificios de enfrente —de construcción similar a los de Nuevo Orleáns— y ve a los toros que fieros se echan sobre las ramas de los árboles y sin decir algo escucha sus propios pasos, con unos botines diferentes, caminar por la calle Altamira y quedarse en la puerta de lo que fue el consultorio de su tío, el doctor Gil, y recordar su rostro, el olor a papeles viejos, la botella de Cardenal de Mendoza con que el doctor festejaba a sus visitantes, la manera que el hombre tenía de ponerse el dedo sobre el mentón mientras escuchaba algún relato o recordaba algo, ese mismo doctor que a un lado de la Tía Rina, quizá preocupados, lo estuvieran esperando años antes en la casa de la calle Sauce, mientras acá, frente a esa tarde que de tanto deslavarse se hace de otro tiempo y otra noche, ellos siguen festejando con gritos a la mujer que se alza la falda y enseña parte del pubis y Monteverde, por fin, acepta entrar al cuarto, y los de la serenata dicen que no, que ellos van a cantar "Delirio" allá mismo, junto a los dos, y ella dice eje-eje cuando el piano toca dentro del Palacio, junto a unos portales vacíos sólo con la música de los chicos y del piano que es manipulado por un negro que no lo es, porque de pronto es Boogie que toca, como nunca lo hizo ni siquiera en Sabrina, cuando del tocadiscos portátil, flotando en el pequeño yate, salía el fox trot que hablaba de que *hoy no tenían bananas.*

Los soportales —como les llaman en España— no sólo sirven de adorno ni para resguardar peregrinos, alguien, ¿quién?, dijo sin que el otro, ¿quién?, contestara.

Sirven para tapar a la gente de las cagadas de los tordos; sirven para enclaustrar los filitos de las teclas; sirven para dejar que el doctor Gil regrese cantando "Un mundo raro", de José Alfredo; sirven para soportar amoríos de mujeres gritonas y chicos que suben por las escaleras externas y entran al cuarto dejando de lado la advertencia de Monteverde sobre la posibilidad de que llegara la policía a sacarlos, o lo que era peor, meterlos a la cárcel, a esa misma cárcel donde una noche de año nuevo Pablo y Juan Sánchez llegaron a retar a la policía en pleno, a torearla, más bien, escuchó Filemón, ¿lo habrá escuchado estando tan atento en pintar de negro los bordes de los botines, que no oye ni ve a los dos jóvenes que en medio de la noche más que fría, porque el norte había entrado esa misma tarde, simularan una faena utilizando un abrigo de Juan Sánchez, oloroso a naftalina, y entre lance y lance gritarle a los policías de guardia que salieran a servir de paleros a los matadores que estaban haciendo la gran faena en esa madrugada, en la orilla de la plaza mayor, cerca de las palmeras que se doblaban por el airazo?, sí señores, haciendo la mejor faena del año, así lo dice, eso repitió cuando Filemón dijo que mejor era ver a la vieja casi en cueros, verla como es tasada, manejada, sopesada, soportada por los dados —adornados con la marca de la cerveza Corona— que alguien sacó y echó a rodar sobre el mosaico de la habitación, abajo del abanico, en medio de las turbonadas de varios calores, porque se jugaba chingona a todo chingar, dejando oír sólo el traqueteo de los cubos, con la mujer paseando las moreneses tensas, riéndose al filo del pico de la botella, y al son de los cuadrados de pintas negras, el que fuera perdiendo que se fuera saliendo, como paso doble de la Zarzamora para no perder el sentido taurino de los lances nocturnos.

Y entonces se dieron cuenta de que los portales son para todo tipo de peregrinos, y aunque nunca subió Bogart, ni la figura del doctor Gil se metió entre la runfla de cantantes, ni siquiera el marinero negro tronó con más fuerza las teclas del Grotrian Steinweng vertical, la melodía se dejó escuchar desde la oscuridad del bar Palacio, ahora convertido en bastión de ratas, y alguien, que fue otro más que no estaba ahí ni entonces, recordó al filo del momento en que —Filemón Esparza rechinaba el cuero de los botines con el trapo— después de una maldicienta sesión de dados interrumpida por nadie, a la mujer se la volvió a ganar Monteverde, y que quizá éste hubiera rezado de nuevo, porque entonces los demás salieron del cuarto cantando "Delirio", simulando el requinto con los dedos, y de pronto llegó el silencio cuando a Pablo se le ocurrió tirarle de botellazos a los árboles y así despertar a los tordos —que se levanten los cabrones—, desmañanar a los pájaros negros que ahora se arremolinan, nublan la tarde, llegan desde el río Pánuco, desde los confines de la refinería petrolera, desde los llanos de Tancol, desde las escolleras, llegan con las alas estremecidas sólo de saber que tienen la obligación de recordarle al día que éste se está acabando, y antes de enramarse en sus refugios, se caguen en las solapas de esos viejos que olfatean las brisas marinas sentados en las bancas del parque, o dándose lustre a los botines.

Callar a la niña

JORDI SOLER

El viento frío rasuró la noche que terminaba de morir en la banqueta. Y ese ritmo matador que traigo desde hace varios días, o siglos, cayó como a dos metros y tenía la forma y el rictus de un pájaro muerto. La muerte en los pájaros debe ser cosa natural, pero yo nunca había visto caer uno delante de mis pasos, y menos después de venir pensando que necesito bajarle a mis incursiones nocturnas antes de que me truene la máquina. Ahora ya no sé qué pensar, llevo todo el día pasmado frente a la ventana.

El viento se arrastraba con violencia, pero no quería llevarse los gritos de la mujer actriz que yo acababa de abandonar y que seguían teniendo la talla de un drama dándome vueltas en la cabeza. Aunque en el fondo me divertía, ya después de haber pasado el oso de salir a gritos de una casa en la madrugada.

El pájaro muerto no era más que un pájaro muerto que dejé atrás unos pasos después, ya muy cerca de la puerta de mi casa que parecía entonces el lugar más deseable sobre este planeta lleno de tentaciones y también de escarmientos para los que, como yo, no soportan esas tentaciones. Abrí la puerta dándole forma a la idea de que la tentación, de un instante a otro, se convierte en pájaro muerto. Advertí que la fuga de agua que llevaba más de veinticuatro horas saliendo por una grieta del pavimento, no sólo seguía vigente, también había aumentado su caudal. Era un señor arroyo que nacía a unos metros de la puerta de mi casa y se perdía de vista calle abajo. Como si el agua la regalaran o fuera cualquier cosa traerla desde lejos por ese laberinto de tuberías.

Lo primero que hice al entrar a mi casa, luego de orinar la eternidad que traía atorada en la vejiga, porque con tantos gritos no había podido echarla en el baño de la actriz, fue hablar al departamento de aguas, por tercera vez en esas veinticuatro horas, para que vinieran a ponerle remedio al desperfecto. Oscilé entre prender el radio, poner un disco o de plano anestesiarme con un noticiario de la televisión. La cuadrilla de tapa-grietas llegaría en cualquier momento, había dicho la operadora, con una voz de estar dormida que daba risa y aunque hubiera estado despierta se notaba que no tenía idea de lo que pasaba con la fuga de agua, sencillamente me aplicó la táctica de a todo decir que sí, intercalando algunos "ya no tarda" para darle credibilidad a su discurso. Y no es que me importara mucho que se estuviera regando el agua, más bien tenía la curiosidad de enterarme de dónde salía tanta, porque yo nada más veía una grieta en el pavimento.

Y con la desvelada que traía comencé a alucinar que el pavimento era la costra del planeta Tierra y que en realidad vivíamos en una esfera de agua que amenazaba con liberarse algún día para convertirnos a todos en Noé o Jonás o en ahogados, en el peor de los casos. Y por ahí me seguí pensando que Noé, con toda seguridad, había proyectado el arca en una de sus célebres borracheras y que, para ser consecuente con su visión o para no cambiar de nivel la idea, se aventó la travesía bíblica inmaculadamente borracho hasta que se dio de proa contra la cima, que en pleno diluvio era isla, del monte Ararat.

Y luego pensé que entre Jonás y Noé me quedaba con Noé porque las ballenas me aterran desde que vi, cuando era un niño, la película de Pinocho, y ahí me quedé dormido con cierta profundidad hasta que me despertó un rayo de sol que caía justamente en mi ojo derecho, proveniente sin escalas de un hoyo que tienen hace cuatro meses las cortinas. Preparé una jarra de café tirando blasfemias contra la existencia de quien arroja puños de maíz a los pollos, con esa misma ira displicente que amanece conmigo todos los días y que me hace prometer que se acabó el desorden, que ya no más desveladas, que tengo que dormir bien, que no es posible andar brincando cada vez que me la pinten, como le hice con la actriz de ayer, que llegó toda angustiada al despacho a pedirme que la ayudara a rescatar tres cuadros que acababan de confiscarle en la aduana del aeropuerto y yo, trastornado por su belleza, insistí en que fuéramos a comer para hablar con calma del asunto, sabiendo que cada vez que conozco a una mujer no me detengo hasta que estoy en su cama, sea casada, soltera, niña, anciana o travesti, como ya me pasó en una ocasión pero eso es otra historia. El asunto es que ante una mujer de proporciones generosas pierdo irremediablemente la brújula y con dos o tres anises encima soy capaz de seducir a mi propia abuela.

La comida con la actriz, como era de esperarse, terminó en su departamento. Los dos instalados en la sección más confortable de la borrachera y yo diciéndole que mañana mismo antes del mediodía tendría esos cuadros colgados en esa pared, y le señalaba la pared como debió hacerle Colón cuando prometió a sus marineros que por allá, al día siguiente, aparecerían las Indias. Y, como siempre, perdí al cliente y una bonita oportunidad para relacionarme seriamente con alguien, porque al estarme vistiendo le pregunté, y me cae que fue sin intención de ofenderla, que a todo esto cómo se llamaba.

Lo siguiente fueron gritos y yo caminando con dirección a mi casa, pensando que hay que poner orden en mi sistema de las ganas. Me serví una taza de café de la jarra que acababa de preparar y me senté a esperar a que amaneciera bien para bañarme y llegar temprano al despacho. Tenía toda la intención de recuperar esos cuadros y con ellos el probable amor de la actriz sin nombre que acababa de gritarme. Pero sigo aquí sin salir de mi casa.

Estaba acabándome la primera taza de café, sintiendo apenas sus efectos maravillosos, cuando oí que la camioneta del departamento de aguas se estacionaba afuera y la cuadrilla de tapa-fugas comenzaba a desmontar el equipo para ponerle remedio al arroyo. Me acomodé en la ventana para ver las maniobras y además para saciar mi curiosidad, como lo dije hace un rato, acerca del origen de tanta agua. Eran cuatro individuos de uniforme anaranjado que empezaban a clavar sus picos en el pavimento, un poco al tanteo porque la grieta se perdía debajo de tanta agua. Al oír los golpes contra el asfalto me acordé con angustia del pájaro muerto, me preocupaba la coincidencia de haber sido testigo de su caída final a tierra, sentía que los destinos, el del pájaro y el mío, habían quedado unidos por la parte más ingrata, por el rabo en lugar de por el cabo, y justamente cuando venía decidiendo que había que bajarle a este ritmo matador que va a terminar con mi despacho, con mi salud y con mi fama de magnífico abogado.

La cuadrilla trabajaba con un vigor que en esos momentos envidiaba. Los picos cayendo con fuerza sobre ese manantial que llevaba veinticuatro horas seguidas funcionando, como una hemorragia que acabaría, si no fuera por ellos, con el agua de la ciudad de México. Fui por otra taza para reafirmar los efectos benévolos de la cafeína y concluí, ya muy reconfortado, que mi arrepentimiento obedecía al cansancio que traía cuando llegué a mi casa y que el pájaro muerto no era más que un pájaro muerto. El sueño breve apuntalado con la taza de café me había dado otra perspectiva de las cosas. En fin, regresé a la ventana estúpidamente feliz y me acomodé para contemplar las maniobras de la cuadrilla que ahora bajaba una bomba, de la parte de atrás de la camioneta, para extraer el agua del gran boquete que acababan de hacer.

Cinco minutos les bastaron para echar a andar ese monstruo del tamaño del motor de la camioneta, que hacía el ruido de tres o cuatro camionetas encendidas. Me estaba sintiendo muy repuesto, si a esas horas ha caído otra clienta, hubiera repetido la misma escena de la que hacía unos minutos me estaba arrepintiendo. Nada más termino este café, me dije muy serio, y voy al despacho porque va a pasar aquel cliente necio que quiere comprar varias cajas de güisqui que están incautadas en uno de los almacenes del aeropuerto y ayer le aseguré que ya tenía el nombre del paisano que va a vendérselas, y ahora resulta que no tengo nada porque a la hora en que debía hablarle a mi contacto andaba yo concentrado en el intento de conquistar a la mujer actriz, cuyos gritos traigo todavía colgando como medallas en las paredes del lóbulo frontal.

Estaba pensando en ir por la tercera taza de café cuando la cuadrilla de tapa-fugas dejó de golpear el pavimento con sus picas para evaluar, yo suponía, la magnitud del daño o el origen de aquel arroyo que ahora corría, gracias al trabajo de la bomba gigante, en forma perpendicular a la banqueta. Uno de los trabajadores se hincó junto al hoyo para ver más de cerca la fuga. El escándalo que hacía la bomba era el *soundtrack* perfecto para esos menesteres y para mi buen ánimo que empezaba a reconstruirse con grosera rapidez. El que estaba hincado metió medio cuerpo al hoyo durante un milenio que no excedió los treinta segundos.

Tuvieron que ayudarlo sus colegas cuando venía de regreso cargando un bulto enlodado que chorreaba de agua por todos lados. Pensé mil hipótesis sobre la naturaleza de aquel envoltorio. El que había metido medio cuerpo al hoyo sostenía el bulto mientras el supuesto jefe de la cuadrilla lo desenvolvía tratando de evitar los chorros de agua. Lo que apareció adentro me dejó helado: el cuerpo de una niña de unos cuantos centímetros de largo que echaba agua por todos los orificios. Como fuente.

La cuadrilla tapa-fugas analizó el problema y se entregó a la tarea de resolverlo. El jefe dio algunas indicaciones que rápidamente se convirtieron en una breve estampida de tres trabajadores buscando cosas en la camioneta. Apagaron la bomba. Comenzaron a preparar el parche con que iban a tapar el hoyo del pavimento y consiguieron una cinta de aislar para tapar la fuga. Uno sostenía a la niña mientras otro le aplicaba un pedazo de cinta en la boca, otro en la nariz y otro en los ojos. El agua dejó de escapar. Acomodaron a la niña en su lugar dentro del hoyo, lo taparon con una capa más negra de asfalto, recogieron sus cosas y se fueron.

A mediodía el agua se había evaporado. Mis dos clientes también deben haberse cansado de hablarme al despacho. Yo sigo inmóvil frente a la ventana, pensando que sería conveniente bajarle a este ritmo matador que traigo.

Madona de Guadalupe

JUAN VILLORO

* Cuento publicado en el libro *Tiempo transcurrido (crónicas imaginarias)*, México, FCE, 1986. El título original en dicho volumen es "1983". El título para esta antología, "Madona de Guadalupe", fue petición del autor.

Las hermanas Uribe eran tan distintas como sus nombres: Concepción y Magali.

Concepción usaba pantuflas de peluche, el fondo se le asomaba bajo la falda y tenía los ojos apagados de quien ha leído veinte veces seguidas al Pentateuco.

Magali desayunaba dos aspirinas con café negro. Sus abortos superaban en número a los pretendientes de Concepción. Y lo que son las cosas: Concepción era más bonita que Magali, pero sus rasgos pálidos y su mirada ausente hacían pensar en la santidad o en el suplicio: la belleza sufrida que tanto atrae a santos y vampiros. Concepción moriría virgen o descuartizada.

En contraste con el semblante evaporado de su hermana, Magali tenía una sangre bulliciosa, un cuerpo que era un dechado de redondeces, un pequeño lunar sobre la boca y el labio superior ligeramente alzado, como si estuviera besando una burbuja. Era imposible verla sin pensar en las múltiples y deliciosas aplicaciones de esa boca.

La educación católica de las Uribe fue tan severa que las primeras fantasías eróticas de Magali emanaron de la religión. En las paredes de la casa había cuadros de santos que parecían gozar con la tortura: ojos pulidos por el placer del sufrimiento. Éxtasis.

Raptos místicos. Agonías. Dicha. Transfiguraciones. Gestos de quienes están a unos latidos de la muerte o el orgasmo.

Pero estas imágenes no eran nada en comparación con las historias que les contaba su mamá de cierta santa, bellísima, que se clavaba espinas en los senos y bañaba con su sangre a un Cristo de tamaño natural. La mamá hablaba con deleite del martirio de la santa, del hermoso cuerpo cubierto de pústulas. Sus historias eran la función de medianoche de la religión.

El papá de Magali era más aburrido. Le gustaba hablar del cordero pascual y su acto más heroico se remontaba a los años sesenta: pegó en una pared de la calle una etiqueta de "Cristianismo sí, comunismo no". Tenía una espada de Caballero de Colón que jamás había blandido contra jacobino alguno.

Concepción parecía haber salido de un cuadro de la casa. Sus manos delgadas le quitaban el polvo al crucifijo con el que Magali pensaba en masturbarse. Pero esta blasfemia no fue necesaria: Magali acababa de cumplir dieciséis años cuando Tacho la invitó al cine Manacar. A ella no le sorprendió mucho que dejaran el cine a un lado y siguieran por Insurgentes hasta un motel en la salida de Cuernavaca.

Durante la preparatoria, Magali se acostumbró a llevar una existencia doble. Salía a la calle vestida como la esposa de un cuáquero. Lo único extraño era que en vez de bolsa usaba maletín. De su casa iba a la de Susi.

Ahí abría el maletín y las ropas salían en muchos colores. También se quitaba su brasier acorazado.

La casa de los Uribe era una amurallada ciudad de Dios. Sin embargo, no estaba en el Sinaí sino justo en el centro de Ciudad Satélite, ese purgatorio con discotecas.

A pesar de la renuencia de sus papás para dejarla salir en las noches, Magali se las ingenió para conocer todas las discotecas y los videobares del norte de la ciudad. Siempre decía que iba a estudiar a casa de Susi. A juzgar por las desveladas, debía ser la mejor alumna del salón. A fin de año se tuvo que acostar con tres maestros para justificar sus buenas calificaciones.

Cuando la invitaron a una fiesta de disfraces, decidió unir sus vidas paralelas: se disfrazó de monja apetitosa: cofia y minifalda. Salió de la fiesta con un amigo disfrazado del capitán Nemo. El viento se hizo cargo de las piernas de Magali; al llegar al coche temblaba en tal forma que el capitán empezó ofreciéndole su saco y acabó quitándole el vestido. En eso estaban cuando una camioneta de policía se detuvo junto a ellos. El incidente podía significar poco en otros lados, pero en el Estado de México equivalía a la llegada de una división nazi al gueto de Varsovia. El primer golpe rompió el parabrisas. Los cristales reventaron en esquirlas sobre los cuerpos semidesnudos. Nemo fue noqueado con la cacha de una pistola. Lo arrastraron de un pie; su cabeza golpeó con el estribo del coche; un ruido sordo, laminoso. Lo pusieron de pie. Las barbas postizas se le habían pegado absurdamente en el pecho. Magali vio el picahielo. Había algo equívoco, una humillación adicional en esa arma de asesino de barrio. No pudo contar las puñaladas que recibía su amigo. Un policía la golpeó con tal fuerza que la sangre se mezcló con las lágrimas; un velo pastoso le impidió distinguir a los sucesivos violadores. Otro golpe le hizo perder el conocimiento. Despertó de madrugada, envuelta por un olor agrio que la hizo vomitar sobre el asiento. En el pelo se le habían formado coágulos de sangre. De su amigo sólo quedaban las barbas sobre el asfalto.

Estuvo una semana en cama. El médico de la familia, que siempre hablaba del *asesino* húngaro que inventó la píldora anticonceptiva, auscultó a Magali y más que por sus golpes se alarmó de que no fuera virgen al ocurrir el asalto. Los papás cancelaron cualquier tentativa de hacer una denuncia. En cuanto su hija sanó, la mandaron de interna a San Luis Potosí. O trataron de mandarla, pues ella se bajó del camión en Querétaro y regresó a la capital.

Para esas alturas, Susi era amante de un millonario que había recorrido todos los atajos del aliviane (psicoanálisis lacaniano, retiros de meditación en haciendas de cinco estrellas, dietas energéticas y mariguana en dosis moderadas). El arquitecto Vallarta había pasado de los viajes para esquiar en Vail a los viajes de "exploración interior" en Nepal (por alguna extraña razón su interior quedaba a veinticuatro horas de avión). Siempre en busca del bálsamo que le quitara la mala conciencia de su yate en Acapulco, patrocinaba todo tipo de accidentes culturales, desde una obra donde los actores salían de células y leucocitos hasta una exposición de cajas de jabón Don Máximo que alguien le vendió como arte conceptual.

Magali no podía regresar a su casa sin un concilio del Vaticano de por medio, así es que fue a ver a Susi. Vallarta encontró un nuevo motivo de expiación: no sólo le prestó a Magali una casa en San Pedro de los Pinos, sino que le encontró vocación para el canto (el arquitecto acababa de regresar de un "curso motivaciónal" en Nebraska que le reveló las insospechadas potencialidades de sus semejantes).

La casa de San Pedro de los Pinos había sido habitada por un artista cinético apoyado por Vallarta. En vez de ventanas había remolinos de luz. En esa vacilante atmósfera, Magali escuchó por primera vez a Madona. Finalizaba el 83 y los locutores de radio no hacían sino hablar del ombligo de Madona, del estómago redondito que se movía al compás de "Burning Up". Magali se entusiasmó con esa rocanrolera voluptuosa que había escogido como símbolo nada menos que ¡el crucifijo!; era el primer caso de cachondería católica en la música de rock. En vez de collar, Madona usaba un rosario color turquesa. De repente Magali se dio cuenta de lo chic que podían ser todos los escapularios de su infancia. Se compró un collar de perlas de plástico rosa, guantes negros, una blusa semitransparente de encajes y aretes en forma de cruz. No le costó trabajo convencer al amante de Susi de que le patrocinara la grabación de un disco.

Llegó al estudio masticando chicle. Cantó con pasión, con una voz dolida y áspera que tenía más que ver con su infancia solitaria y sus treinta amantes gandayas que con las clases de canto que le pagó Vallarta. Al cabo de treintaiséis horas quedó concluida la grabación de "Madona de Guadalupe".

Gracias a sus conocimientos de religión, Magali pudo escribir letras de una mocha sensualidad. Se tiñó el pelo de un color incierto, como champaña con granadina, y contrató a los cuatro músicos más parecidos a Juan Diego.

Aunque las estaciones de radio se negaron transmitir su espasmódica voz guadalupana, Magali pronto tuvo un extenso séquito de admiradores. La gente llegaba a sus conciertos con crucifijos de todos tamaños. Al promediar la función, los cuatro músicos se arrodillaban y acariciaban a la seductora Madona de Guadalupe. Al fondo del escenario había una gigantesca cruz de neón. Magali se despedía arrojando hostias multicolores sobre sus fieles.

El 31 de diciembre decidió dar un concierto en la explanada de la Basílica de Guadalupe, al mismo tiempo que se celebraba la misa de gallo. Sus senos sin brasier se balancearon frente a tres mil fanáticos.

Magali había sido elogiada por todas las publicaciones a la izquierda del *Excélsior* y por algunos teólogos de la liberación, pero también había recibido amenazas dignas del Santo Oficio. El concierto tenía el atractivo de la incertidumbre, de la catástrofe a punto de ocurrir. Para protegerse de posibles ataques, la cantante había contratado a una nueva versión de los templarios: veinte devotos karatecas.

Magali fue acariciada por sus músicos, pero la policía llegó antes de que repartiera hostias multicolores. Ella no se dejó amedrentar. Con la misma pasión que inyectaba en sus canciones, azuzó a la multitud a lanzarse contra la policía. Los karatecas formaron un cordón en torno al escenario mientras los tres mil feligreses se enfrentaban a puño limpio contra las macanas y los gases lacrimógenos. Después de dos horas de encarnizada trifulca, la policía quedó reducida a un montón de bultos y gorras azules.

El coche de Magali llegó junto al escenario; las cruces fosforescentes en las puertas parecían brillar más que nunca.

Antes de subir al auto, vio a un policía tirado cerca del escenario. Caminó despacio hasta el cuerpo desmayado. Su zapato rojo se posó con suavidad sobre la nariz del policía. Luego la trituró de un pisotón. Magali escuchó el agradable crujido del cartílago. Después continuó rumbo al coche. El viento fresco le agitaba el pelo y los escapularios.

Esta edición se imprimió marzo 2018. Impresos
Ares Sabino No. 12 Col. El Manto. Iztapalapa